アイズ

鈴木光司

角川ホラー文庫
18931

目次

アイズ

鍵<ruby>かぎ</ruby>

穴<ruby>あな</ruby>

1

駅前の横断歩道を渡って坂を上がり始めるとすぐ、身体中から汗が噴き出てきた。梅雨に入ったばかりの季節にもかかわらず、日中の気温が三十度を超えたと、夕方のニュースで言っていたのを思い出す。夜になって湿度がさらに増したように感じられる。不快な暑さだった。松浦宏和《まつうらひろかず》は何度も立ち止まって、首筋の汗を拭《ふ》いた。さらっとした汗ではない。昨夜からの酒の残りが血流によって押し出され、湿気と相俟《あいま》って汗の粘度は高く、拭《ぬぐ》っても拭っても、不快さは消えることなく皮膚の内側に沈殿していった。

坂道がきついのは、運動不足のせいだ。ここ十年、ゴルフ以外にスポーツらしいスポーツをやったことがなく、暑い夜の長い坂道が恨めしくなる。かといって、タクシーに乗る距離でもなかった。小脇に抱えるワインの瓶がずしりと重く、気を抜くと滑り落ちそうになる。

どうにかこうにか坂を上り切った先で、道はホテルの敷地に沿って右に曲がっていた。

……ホテルが建つ以前、ここはゴルフの練習場だった。

と、そんなことをふと思い浮かべてから、なぜ知っているのだろうと訝《いぶか》しむ。大石《おおいし》の新居を訪ねるのは今日が初めてである。

……そうか、あのときと同じ町名か。

松浦はなんとなく思い出してきた。耳の奥のほうで微《かす》かに、コーンコーンとゴルフボールがクラブに弾《はじ》かれる音がして、緑色のネットが揺れるイメージが浮かんだ。一度だけ、ゴルフ練習場の駐車場に車を停め、付近の住宅街を歩き回ったことがあった。

番地まで覚えているわけではなかったが、今もあのときと同じ方向に歩いているような気がしてきた。それとも単なる錯覚に過ぎないのだろうか。

歩道を渡った先に街の不動産屋、その隣には小さな寺があった。松浦は、ポケットから転居通知のハガキを取り出し、記載された番地と不動産屋の住居表示を見比べた。そして、目当てのマンションがこの近くにあるのはまちがいないと確信した。

顔を上げて周囲を見回すまでもなかった。ホテルの正面玄関を通り過ぎたあたりから、住宅地の一角を占める高層マンションが視界に入っていた。今、松浦がいる場所から見てすぐ先の右側に、二十階建てのマンションが聳《そび》え、約半数の窓から明かりが漏れていた。たぶん、あれに違いない。

……通りを歩いてくればすぐにわかるよ。二十階建ての最上階だから。

電話で地理を説明する大石正彦《まさひこ》の声には、多少誇らしげな響きが含まれていた。

夜の八時五分。訪問を告げた時刻を五分ばかり過ぎていた。ドアをノックするにはちょうどいい時間だ。

しかし、松浦は、不動産屋と寺の間で立ち止まったまま、歩き出そうとしなかった。歩道に立って、住宅街の奥を覗《のぞ》くと、そこはひっそりと静まり返っている。なぜか奥の暗闇が気になってならなかった。不動産屋は住居も兼ねていて、庭先に子供用の自転車が二台置かれていた。玄関前の、塀と軒下の隙間には、ほんの一畳ばかりの広さで土がむき出しになり、そこにはアサガオの鉢が三つ並べられている。塀の向こうは寺の門であり、その隙間にようやく車一台通れる程度の道が奥に延びていた。

松浦はなぜか、この道が行き止まりなのも知っていた。

以前、同じ風景を見たような気がする。既視感ではない。やはり現実の体験なのだ。遠い記憶のために、位置関係がはっきりしない。昔はもっとごちゃごちゃと家が建ち並んでいた。木造の古いアパート、自転車屋……、表通りに面して銭湯もあった。

ゴルフ練習場の駐車場に車を停め、メモした番地を頼りにやって来たのはやはりこなのだろうか。確信は持てない。だが、寺の横の小道には見覚えがあった。

街はずいぶん様変わりした。駅の方向に目をやれば、超高層ビルが十数棟も建ち並んで、閑静なお屋敷街と評判の住宅街からは摩天楼の夜景が見渡せる。今は、道の両側にぽつぽつと瀟洒《しょうしゃ》な高層マンションが並んでいるけれど、以前この通りは商店街であった。規制緩和のせいで空に延びた住戸が、街の景観からしっとりとした落ち着きを奪ってしまった。松浦がここを訪れたとしても、二十五年も前のことであり、土地の記憶があやふやになるのも無理からぬことだ。

……しかし、なぜこんなところに。それとも、知っていて、敢《あ》えてここにしたのだろうか。

松浦は、疑問を残したまま、目当てのマンションへと急いだ。知りたければ、直接本人に聞くだけのことだ。

ロビーで呼び出しボタンを押すと、待っていたかのように、大石の声がスピーカーから響いた。

「やあ、遅かったじゃないか」

愛知県岡崎《おかざき》市の同じ郷里から出てきて、大石が東京の港区で松浦が横浜の中区と、そう遠くない距離に住んでいるにもかかわらず、会うのは正月の同窓会ぐらいのものだ。同窓会にしても、共に出席したのはもう五年前だから、大石に会うのはそれ以来ということになる。

今、大石は部屋にいて、松浦の顔をディスプレイ越しに眺めているはずだった。おそらく、五年間における肉体の変化まで観察されているに違いない。額は後退して、首筋についた贅肉《ぜいにく》は顎《あご》の下に深い線を刻んでいる。何よりも痛々しいのは、喘《あえ》ぎと共に顔中から汗を噴き出させていることだ。体力の衰えも露《あらわ》に、肩を揺らす様子が多少滑稽《こっけい》に見えやしないだろうか。

「駅からの坂道、どうにかしてくれよ。心臓破りだぜ」

「早く上がって来い。最上階は一戸しかないから、すぐわかるだろう。シャンパンが冷えてるぞ」

施錠を解くボタンが押され、正面の重厚なドアが開くと、松浦はその隙間から内側に入った。シャンデリアの輝くロビーはエアコンがほどよく効いて、いかにも快適な空間を形作っていた。

2

チャイムを押すか押さないかのタイミングで、玄関ドアが開いたため、松浦はびっくりしてワインの瓶を落としそうになった。危ないところを右手で受け止め、ドアの隙間に立つ大石にワインを差し出し、挨拶《あいさつ》抜きで言った。

「おいおい、間違ってこんなものを買ってきちまった」

「おまえらしいよ」

大石は笑いながらワインを受け取り、「まあ、上がれよ」と身体を一歩後ろに引く。

小さな部屋ひとつ分の広さがある玄関スペースは、ひんやりとして堅い雰囲気があった。フロアには大理石が敷き詰められ、正面のニッチには等身大の観葉植物が飾られていた。ダウンライトに照らされた原色の花が、南国風でいかにもフェイクっぽい。

靴を脱ごうとして身を屈《かが》めた松浦の視界に、スリッパをはいた女性の素足が入ってくる。大石の妻の早苗《さなえ》だった。

「いらっしゃい」

ここに来れば、早苗に会うことになるとわかっていたのに、松浦は少しどぎまぎしてしまう。

「やあ、早苗ちゃん、久しぶり」

松浦は、一段低いフロアから早苗を見上げて言った。早苗もまた同郷の出身で、中学高校の同級生である。

昔からいつも松浦は早苗を見上げていた。今は彼のほうが背は高いけれど、ようやく追い越したのは高校二年になってからのことだ。身長だけではなく、子供の頃、早苗は何をやらせても松浦や大石の上をいった。勉強もスポーツもでき、目鼻立ちもすっきりと整った顔をして、クラス委員の投票をすれば満票を集める。彼らにとってはまさに高嶺《たかね》の花、マドンナだった。そしてもうひとり、松浦や大石以上に早苗に夢中だった鳥居健児《とりいけんじ》という友人もいた。

早苗の顔を見れば、必ず鳥居のことを思い浮かべてしまう。防御しようとしても、その隙を与えず、彼の顔が脳裏の襞《ひだ》に入り込んで、しばらくこびりついて離れようとしないのだ。二十五年前、鳥居がいた四畳半のアパートの床には早苗のスナップ写真が三枚置かれてあった。一枚は指の先、一枚は折れ曲がった肘《ひじ》のあたり、そしてもう一枚は横たわった彼の頰の下敷きになって、青黒くささくれ立った顔の中心から延びた白い唾液《だえき》によって、唇と繫《つな》がれていた。

それは高校卒業間際に撮られた写真だった。大学合格の通知を得たばかりの春、どのスナップからも、若さが匂い立っていた。セーラー服姿もあれば、ジーンズにTシャツ姿のものもあった。高校生らしい夢を内側に秘め、しらけることのない青春を臆《おく》面《めん》もなく弾けさせている。

早苗はそんな少女だった。斜に構えることなく前途を楽観視し、あっけらかんと自分の未来図を人に語るところがあった。彼女が思い描く将来は、かわいらしく、初々しい理想主義に充《み》ちあふれていた。

写真自体は生き物でもなんでもなかったが、被写体である早苗は、死の対極を現してあまりあるほどに瑞々《みずみず》しく、強烈なコントラストのせいで、決して拭《ぬぐ》い取れない映像として、松浦と大石の脳裏に写真の顔は刻まれた。

約束が守られているとすれば、大石は早苗に何も言ってないはずだ。鳥居の部屋に自分の写真が三枚も散乱していたと聞かされれば、早苗は必ず自分の責任のように思い込むに違いない。そうして、生涯にわたって、得体の知れない薄気味悪さを背負い込むことになる。

高校生の頃から早苗の顔には、普通にしていても笑っているかのような印象があった。山の手の裕福な家庭で、両親の愛をたっぷり受けて育った少女の余裕が、顔のすみずみからあふれていた。

……ところが今は。

大石との結婚式以来、十一年ぶりに見る早苗は、やつれたという表現がぴたりとくる。昔、頬はもっとふっくらとしていた。胸も大きく、腰にも張りがあった。それが、一回り小さく萎《しぼ》んでしまったような印象を受けた。やつれて貧相になり、背が縮んでしまったかのようだ。

早苗の場合、最初の結婚は早かった。大学を卒業した翌年、二十三歳の夏に、同じ大学のサークルで知り合った二歳年上の医学部生と、彼の卒業も待ち切れぬような、性急な結婚へと走った。

早苗が年上の医学部生と付き合い始めたという噂がキャンパスに流れたとき、松浦が知っているだけでも数人の男たちが失意のどん底に叩《たた》き込まれた。その最たる者が鳥居健児だった。

選ばれた者同士のロマンスが、結婚へと結実したというのが衆目の一致するところであったが、それは長続きしなかった。早苗が三十歳になる直前、夫は長時間の手術で疲れ切って帰ったかと思うと、ウィスキーをストレートでがぶ飲みして生後半年の娘を抱いてお風呂《ふろ》に入り、浴槽の中で寝込んで溺《おぼ》れてしまったのである。娘を道連れにしての、あまりにあっけない死。頭脳明晰《めいせき》なスポーツマンにはふさわしくない、なんとも間の抜けた死に方だった。

三十歳で一度終わったも同然の早苗の人生を、松浦は知っているはずなのに、やつれ方がさらに増したように思われてつい愚問を発した。

「痩《や》せた？」

女性に「痩せた？」と尋ねれば、普通は喜ばれるだろう。しかし、早苗は、わずかに顔をしかめ、冗談めかしもせず、

「苦労ばかりさせられてるから」

と、大石を手で示す。「苦労」という言葉の裏には、よその女の存在を仄《ほの》めかすニュアンスがあった。

大石はすかさず、

「いいから、さっさと上がれよ」

と、一瞬流れた嫌なムードを手で振り払うようにして松浦を急《せ》かし、先に立って廊下を歩き始めた。

大石のあとについて、リビングルームに入った松浦は、眼前に広がる光景に思わず息を飲み、感嘆の声を上げた。

「なんじゃい、これ」

早苗のやつれ顔も、口から涎《よだれ》を流す鳥居の顔も脳裏から吹き飛び、松浦は窓際に駆け寄って大都市の夜景に見入った。東南角部屋のリビングルームは、窓の全面が床から天井まですべてガラスでしつらえられ、部屋にいながらにして都会の一大パノラマが堪能《たんのう》できる、ハイサッシと呼ばれる作りになっていた。

駅周辺に林立する超高層ビル群は光の模様を織り成し、東の方向では、レインボーブリッジのイルミネーションが、東京湾の黒い海面にきらきらとした輝きを投げている。ブリッジはヘッドライトの帯で埋まり、実際は百キロ程度の速度であろうけれど、遠くからだとゆったりと流れる数珠《じゅず》のように見えた。

周囲に遮る建物はなく、最上階に一戸というペントハウスを生かして、贅沢にも東西南北全ての視界を手に入れていた。リビングルームからは東京湾、ダイニングから横浜方面、ベッドルームからは晴れていれば富士山、夜になると新宿副都心や六本木《ろっぽんぎ》ヒルズの夜景が見渡せた。

窓際に特別注文でしつらえたバーカウンターに座って、ビールを飲む松浦の口から、

「ふうー」

と、風船から空気が抜けるような溜《た》め息が漏れる。

松浦も、三年ばかり前、横浜の本牧《ほんもく》に家を建てたばかりだった。子供たちに一部屋ずつ与えることを念頭に置いた、狭い4LDKの作りで、駅から遠いという立地を除けば、静かだし、別段不満に思う点もない。決して安くはない買い物だったが、家を建てて以来、妻のご機嫌はすこぶるよく、家族全員の満足度は増したと自負するところがある。一戸建てにこだわったのは妻の好みであり、松浦はその願いを聞き入れた格好だった。

家を買おうとしてあれこれ探していたとき、高層マンションの最上階などという選択肢があろうとは夢にも考えなかった。また、仮にそんな願望を抱いたとしても、リストラに怯《おび》えるサラリーマンの立場を鑑《かんが》みれば、見果てぬ夢で終わることは明らかだ。

……一体、ここはいくらするのだろう。

だれもが抱く、単純な疑問だった。それとなく大石に尋ねると、彼はさりげなく指を三本立ててきた。それを見た松浦は、首を横に振りながらまた溜め息をつく。

バーカウンターの上にはいかにも高級そうなワインが並んでいた。松浦が駅前の酒

屋で買ってきた安物ではなく、フランスから直輸入された、一瓶数万円はする高級品だった。手みやげの赤ワインは、たぶん料理用にでも使われてしまうのだろうと、多少いじけた気分でグラスをあけるのだが、さすがにおいしくてぐうの音も出ない。今晩は酔いの回りが早そうだ。

「おまえの店ではいつもこんなもん出しているのか」

松浦は、ワイングラスを顔の高さに持ち上げて、訊《き》いた。

「一度来てくれよ」

「おれには敷居が高くてな」

「なに言ってやがる。ラーメンのときはよく来てくれたじゃないか」

「あれはうまかった。当たると思ったぜ」

実際、十五年前に大石がラーメン屋を目黒にオープンさせたとき、松浦は心配のあまり何度も足を運んだものだ。仕事の合間に寄っては、カウンター越しに、額に汗しながらラーメンを作る大石を眺めたりした。六年間身を置いた外食産業の会社を辞め、なけなしの金をはたき、いちかばちかで始めたラーメン屋だった。大学卒業以来、地道なサラリーマンとして歩んできた松浦は、親友の店が潰《つぶ》れないようにと、心からの応援歌を歌っていたのだ。

それがまさか、都心の一等地に高級フレンチレストランを三つも所有するまでに昇りつめるとは思ってもいなかった。潰れないようにとは祈っていたけれど、ここまで金持ちになるように願ったつもりはなかった。

早苗が夫と娘を亡くして独身に戻ったのは、大石のラーメン屋が順調に客を増やし、二号店を恵比寿《えびす》にオープンさせたばかりの頃である。既に結婚して一児をもうけていた松浦には、早苗にモーションを掛ける権利がなかったが、当時独身でいた大石はその権利を大いに生かして、早苗の傷心を慰めて着実にポイントを稼いでいった。大石に上昇志向が生まれたのはこのときからではなかったかと、松浦には思われてならない。どうしても早苗を手に入れたいという願望が、仕事への意欲となって燃え上がり、同時に店の格式をグレードアップさせるよう方向転換していったのではないか。

その四年後、大石は首尾よく早苗を妻に迎え、ふたりの男の子をもうけて現在に至っている。

……今度遊びに来いよ。

幾度となく、大石から誘われてはいた。早苗と結婚して十一年になるけれど、その間一度も彼らの家を訪ねたことがなかった。それが、新築のペントハウスに引っ越したということもあって、今回ばかりは彼の誘う口調にも熱が入り、松浦はこうやって見せつけられることになったわけである。

早苗が料理を作るためにキッチンに立ったとき、松浦は、ふと口を滑らした。

「おまえ、この生活って……。昔、いただろう、望んでた奴」

大石は、視線をさっとキッチンに投げ、換気扇の音に遮られ言葉が妻の耳に届かないのを確認してから、低い声で、しみじみと言った。

「そうだったよな」

それだけだった。目で合図し合わなくても、早苗の前で鳥居健児の話はタブーであるとわかりきっている。

南側の窓には、羽田《はねだ》空港に着陸しようとするジェット機の明かりが流れていた。お台場の先では、観覧車の丸い輪が花火のようにきらめいている。

松浦と大石は、同じ景色を見ながら、同じ人間の顔を脳裏に浮かべていた。二十六年前、十九歳の頃のこと……。

ここととは別世界の、トイレも流しも共同の、四畳半の下宿で過ごした毎日。

彼ら三人の出発点はそこだった。

3

十九歳。岡崎から上京して東京の予備校に通う浪人生たちにとって、エアコンのない夏の暑さは堪え難い。

下宿の畳にひっくり返った鳥居は、薄い座布団をうちわ代わりにはたいて、雄叫《おたけ》びを上げた。

「ああ、くそ。大都会の真ん中の一番高いところからさあ、世界を睥睨《へいげい》するように、生きてみたいよな」

はだけたシャツの内側の薄い胸には、肋骨《ろっこつ》が浮き上がっている。豪快というにはほど遠い身体のわりに、言うことは随分と威勢がいい。

「やめろって、座布団振り回すの。埃《ほこり》が舞ってしょうがねえだろ。おれ、くしゃみ出そうになる」

大石が注意すると、鳥居は、手に持っていた座布団を胸に抱いて、上半身を起こした。

大石が思い切りよくくしゃみをし、鳥居は飛び散る唾液《だえき》を座布団でガードしながら、

「なあ、そう思わねえか」

と、皆に同意を求めた。

「もっと地道なこと考えたらどうだい？」

松浦にたしなめられ、また俯《うつぶ》せに転がると、鳥居は挑むような視線を壁の一点に向けた。

「早苗ちゃんかあ……」

スナップ写真が一枚ピンで壁にとめられていた。翌年の梅雨時、彼の部屋で発見されることになる写真だ。

「ああ、やりてえ」

鳥居は、両足をばたばたさせて、爪先《つまさき》で畳を叩《たた》いた。

三人は、皆同じ思いを抱いていたが、ストレートに願望を口に出すのは、鳥居だけである。彼の強い上昇志向とロマンスへの期待は単純でわかりやすく、頭の中に描かれる未来図がどんなものであるか手に取るようにわかってしまう。出世して、都会の超高層マンションを手に入れ、早苗と共に暮らす生活を夢見ているに違いない。

高校時代からお調子者で通っている鳥居は、一旦《いったん》歯車が狂うと何をしでかすか知れない怖さがあった。

たとえば、ある夜のこと、新宿で酒を飲み、鳥居はそれほど酔ってないにもかかわらず、歩道にはみ出して路上駐車してあった、いかにもその筋の人間が乗っているとわかる黒いベンツのタイヤを蹴飛《けと》ばし、

「見てろ」

と唾《つば》を吐くや、ボンネットに飛び乗り、フロントガラスを駆け登ってルーフからトランクに滑り降り、ピカピカのベンツを足跡だらけにしたことがあった。周囲を見回し、すぐに逃げる態勢を整えた松浦と大石を尻目《しりめ》に、なおも鳥居は街路樹の葉っぱを

むしり取ってベンツのマフラーに詰め込もうとする。ふたりは両脇から鳥居を抱き上げ、無理やり引き離して歩かせるほかなかった。

あるいは、模試のあとの答え合わせで、ただひとり難問の解法に辿《たど》りついた大石が、

「やった、差をつけたぜ」

と、快哉《かいさい》を叫ぶや、

「差をつけたって……、おまえ、友達を出し抜くために勉強してるんかい」

と、競争主義を批判して正義漢を演じたりもする。

将来は総理大臣になると大言壮語してみたり、有名なロックシンガーとマブダチであると嘘をついてみたり、かと思えば、純粋な理想主義を口にしながらの万引きも平気だった。

ちょっとませたクラスメートの女の子は、感情の起伏の激しい鳥居のことをこんなふうに言ったことがあった。

「あの子、感情の増幅器じゃない」

調子のいいときは、何かが乗り移ったような盛り上がり方をして、周囲の者を笑いの渦に巻き込んで、楽しいことこの上ない。調子の悪いときは、冗談とも本気ともつかぬ悪趣味な愚痴や追及を延々と続け、そばにいる人間は辟易《へきえき》させられる。

……感情の増幅器。

言い得て妙だ。嬉《うれ》しいときは人一倍喜びを弾《はじ》けさせ、辛《つら》いときや悲しいときの落ち込みようはどうしようもなく酷《ひど》い。美しい音はより美しく、濁った音はより大きな雑音となって、彼の心に響き渡る。

中学校からの仲間である松浦と大石は、鳥居の長所短所を知り抜いて、なお友人として認めていた。

彼に比べれば幾分控え目な松浦と大石は、鳥居が調子よく、ひとり出し抜いて早苗を手に入れてしまうのではないかと思わないわけでもない。正面切って好きだと絶叫できる、異常なまでの情熱は常人では真似できず、精神が一旦解き放たれると、手がつけられなくなるところがあった。早苗は、ああ見えて押しに弱いタイプだということを、ふたりともよく知っていた。

しかし、なぜ、今、情熱を迸《ほとばし》らせて早苗にアタックしないかといえば、「まだ機が熟してない」からということになる。

現役で一流大学に合格した早苗に追い縋《すが》るように鳥居、松浦、大石の三人は、受験浪人に突入していた。鳥居のいう「機が熟す」とは、早苗と同じ大学に合格することを意味する。いくら、頭のネジがはずれがちな鳥居でも、そのくらいの分別はあった。受験勉強へのモチベーションを高めるため、早苗への思いを内部に籠《こも》らせることが必要なのだとわかってはいるのだ。

……やりたい。

今さら言うまでもないことだ。

溜《た》まりに溜まった思いがあからさまな言葉となって鳥居の口から出るのは、松浦にとってもとっても大石にとってもとっても気持ちのいいものではない。

「そんなことより、おれたちの春をゲットだ」

松浦は、肉体の澱《おり》をエネルギーに変えるべく、話を勉強のほうへとそらせ、英語の文法問題をひとつ読み上げた。

夏の時点で、最も高い偏差値を得ていたのは松浦で、次に大石、鳥居と続いていた。早苗が入った大学に合格できる可能性で言えば、松浦が八十パーセント、大石が六十パーセント、鳥居はわずか二十パーセントといったところである。

年が明けて、受験シーズンがやってきても、その順位が変わることはなかったが、合否は順番通りにいかなかった。松浦は順当に合格、大石は惜しくも落ちてワンランク下の大学に進み、鳥居は奇跡的な逆転で合格を手に入れた。

鳥居の場合、滑り止めのつもりで受けた、ツーランク、スリーランク下の大学まで全部落ち、唯一、早苗と同じ大学の経済学部だけに受かるという曲芸をやってのけ、同級生の間では、運のよしあしとかではなく、単なる採点ミスに相違ないという憶測

かった。

だが、松浦や大石には、それほどの違和感はなかった。鳥居は、常に一発逆転を狙う雰囲気を備えていた。当たるか外れるかどちらかしかなく、中道を行くということがない。格下の大学に全部落ち、第一志望にだけ受かるというのは、いかにも彼らしかった。

早苗を巡る競争相手として、松浦と大石が怯《おび》えるのはまさにその点だった。一発逆転の大ホームラン。絶対に無理と思われていた合格を射止めたことにより、その恐れはいやがうえにも増したように感じられた。

しかし、松浦と大石の杞憂《きゆう》は、別の形で終わることになる。

それぞれの進路が決まった春、早苗は既に、将来の夫となるべき先輩と出会ってしまっていたのだ。

早苗が恋に落ちた相手がいけなかった。中学校のとき、絵の上手な早苗は、ノートの切れ端にさらさらと長身でハンサムな男のイラストを描き、

「わたしの将来のダンナさま」

と言いながら見せてくれたことがあったけれど、彼女の恋人はまさにイラスト通りの男で、世の中には本当にこんな男がいたのかとびっくりさせられた程だ。

意気揚々と乗り込んだ憧《あこが》れのキャンパスだったが、鳥居は初《しょ》っ端《ぱな》からつまずいてし

まった。入学の目的は早苗に一歩でも近づくこと、受験勉強のモチベーションはそのためにこそかきたてられた。にもかかわらず、早苗は他の男に奪われていた。

ゴールデンウィークも終わった頃から、キャンパスに姿を見せなくなった鳥居の気持ちが、松浦にはよく理解できた。松浦の心中も同じである。早苗がハンサムな彼と一緒にいるところを見たくないのだ。

季節が季節なだけに、仲間たちの間では五月病と噂され、あまり気にもとめられなかったが、松浦だけは鳥居が大学に来ようとしない理由に、なんとなく気づいていた。

鳥居の頭はターボチャージャーつきエンジンのようなものだ。アクセルを踏んでいれば、おもしろいように吹き上がる。ニュートラルはない。エンジンの回転が落ち始めると、彼はさっさとイグニッションを切ってしまう。

ぴたりとエンジン音は止まって、車内が静寂に支配されると、彼は内側からロックして車から出られなくなる。そうして、ひとりだけの別世界に閉じこもり、意識のスイッチさえ切ろうとする……。

岡崎にいる鳥居の母から電話があり、「ここ二、三日、あの子と連絡が取れないんだけど、大丈夫かしら」と相談された瞬間、松浦は嫌な予感に襲われた。普通なら、こんなとき「なに心配ありませんよ」と安心させるものだが、不自然にあわてふためいて、逆に母親の不安を煽《あお》ってしまった。松浦にしてみれば、なぜさっさと上京して自分の目で息子の安否を確かめないのか不思議なくらいだ。家族以上に鳥居のことはよく知っているという自負が、即座に異常を察知して焦燥感を駆り立てた。

松浦は、鳥居が大学入学と同時に移り住んだアパートの住所を確認し、「今からすぐに行って様子を見てきます」と請け負った。

ひとりで向かう気にはなれなかった。松浦は、親から金を借りて購入した中古のカローラで、大石を迎えに行き、ふたりで鳥居のアパートを訪ねることにした。

二十五年前、梅雨が始まろうとする季節だった。

4

こんな場合、「泊まっていけ」という誘いは、社交辞令に過ぎない。早苗を交え、もっと楽しく、懐かしく、旧交を温めることができれば、あるいは言葉に甘えていたかもしれなかった。

大石と早苗は、敢《あ》えて会話を避けているふしがある。必要最低限の言葉しか交わさず、目と目が合おうものなら、不自然なほど断固とした調子で、顔を背け合っていた。ここに来る直前ふたりの間に何かあったのか、それとも普段からこんな調子なのか、いずれにしても松浦は居心地が悪く、そう長居もできないだろうと、暇《いとま》を告げたのだった。

「なんだ、本当に帰るのか」

引き止めるのは大石だけで、早苗は無言のまま、外の風景を見下ろしている。触れてはいけないものの臭いに、感づいているかのように……。

「明日《あした》も仕事は早いんでな」

立ち上がって、玄関に向かって歩き始めると、さすがに大石も諦《あきら》めて、

「また、絶対に遊びに来いよ」

と、再訪を約束させる。

大石と早苗の笑顔に見送られて、玄関の重い扉が閉じられた。カード式のオートロックで、もちろん鍵穴《かぎあな》の類《たぐ》いはない。廊下から部屋の中を覗《のぞ》くことはできないけれど、目を閉じれば、宝石の輝きに似た夜景が瞼《まぶた》の裏に浮かぶ。

……鍵穴。

なぜそんなものが気になるのか、無意識がちらちらと顔を出し始めていた。

松浦は、エレベーターホールから一階に降り、ロビーを抜けて外に出た。敷き詰められた絨毯《じゅうたん》の感触が、硬いアスファルトの感触に変わり、ねっとりと湿気が絡みついてくる。ちょっと歩いただけで、さっきまで治まっていた汗が噴き出してくるだろう。蒸し暑さが、表通りに澱《よど》んでいた。せめてもの救いは、駅までの道が長い下りである

ことだ。

歩き出そうとして、携帯電話が鳴った。着信のナンバーから相手が知れた。つい今しがた別れたばかりの大石である。

通話ボタンを押すと、大石の早口が流れ出た。

「ああ、おれだけど。渡したいものがあったんだけど、忘れちまったよ。すぐ降りて行くから、そこで待っててくれや」

「わかった」

何か手みやげでも持たせるつもりが、忘れてしまったに違いない。

大石が降りて来るのを待つ間、松浦の目は、マンションの隣にある寺の門に引きつけられていった。その横には行き止まりの道が住宅地の奥に延びていた。来るときに抱いた疑問が再燃していった。早苗のいる前では、したくてもできない質問……。

……お前、なぜこんなところに。

大石はサンダル履きで小脇に紙袋を抱えて現れ、

「すまん、すまん」

と言いながら、包みを差し出してきた。

「なんだ?」

松浦は、手に取る前に尋ねた。

「うちの店で使っている特製ドレッシングと、特製ベーコン。奥さんにぜひ、と思ってな」

「わざわざすまんなあ」

礼を言って受け取る松浦だったが、彼の鼻孔はたちどころにベーコンの臭いをとらえ、意表をついてわき上がる吐き気を堪《こら》えた。あのときに嗅《か》いだ臭いが、何に似ていたのか、今ようやく思いついた。そうか、ベーコンだ。じっくりと熟成させた高級なベーコンの、腐る寸前の臭いにそっくりだ。

顔色の変化を読み取って、大石が不思議そうな顔をする。

「どうかしたのか」

「いや、ちょっとな」

松浦はそこで止めたが、思わせ振りに、先があることを匂わせる。

「なんだ、言えよ」

「いや、よしたほうがいいだろう」

「言いかけてやめられたら、こっちは気になって夜も眠れない」

松浦は笑い声を上げたが、目は別の意図を持って泳いでいた。

……逆だ。聞いてしまったほうが眠れなくなる。

かといって、松浦はそこで終えることができない。

「おまえ、この場所……」

松浦は、行き止まりの道の先を指差した。

「この場所って？」

きょとんと目を丸くする大石を見て、松浦は納得する。

……やはり、こいつはまったく気づいてないんだ。

「ちょっと歩かないか」

返事も待たずに歩き出した松浦の後を、大石は無言で追ってくる。寺の横の道を曲がったところで、松浦は立ち止まった。

「覚えてるか、鍵穴から覗いたときのこと」

ちくりと刺激を与えれば思い出すかもしれないと期待したが、大石の目に浮かぶのは純粋な疑問だけだ。

「おまえ、何が言いたいんだ？」

「鳥居のことだよ」

鍵穴、鳥居……、このふたつが揃えばすぐに意味は通じるはずだ。

大石の眼前に突如、鍵穴が開いた。二十五年前、一瞬の光景をとらえた小さな覗き穴。今、大石と松浦は、同じものを眺めていた。ひらひらと揺れる青白い手。おいでおいでと招くような手だった。

5

ゴルフ練習場の駐車場はがら空きで、自由に車を停め放題だった。

駐車スペースもない、狭い路地裏のアパートと聞かされていたので、松浦は、車をゴルフ練習場の駐車場に入れて、あとは歩くことにした。

「ここか」

助手席で居眠りから覚めた大石は、車のサイドブレーキが引かれると同時にがばっと起き上がり、周囲に顔を巡らせた。

「この近くだ。あとは歩く」

「そうか」

アスファルトの路面に立って大きく伸びをする大石は、松浦ほど危機感を募らせてなかった。旧友のアパートを訪ねることに、何の不安もなさそうだ。キャンパスが違うせいで、状況を把握するのが遅れている。大石は、ひとりの男に恋い焦がれる早苗の姿を、現実に見てはいないのだ。

平日の夕方、ゴルフボールの打球音が、リズミカルに響いていた。陽は西の空に傾き、あと三十分もすれば沈んでしまうだろう。

住居表示を頼りに、鳥居のアパートはすぐに探し当てることができた。閑静な住宅地に立つ、安普請のアパートで、築年数は二十年を超えている。玄関で靴を脱いで上がるタイプで、これではアパートというより下宿である。

鳥居の部屋は二階の一号室だった。土間から廊下に上がったところに共用のピンク電話が置かれ、その手前には集合ポストが並んでいた。鳥居のところをそっと覗くと、名刺大のチラシが二、三枚入っているだけで、あとは何もない。他の郵便受けのいくつかには夕刊が差し挟まれている。鳥居が既に抜き去ったか、あるいは新聞を取ってないのか、鳥居の性格からすれば、取ってないように思われる。

松浦と大石は靴を脱いで、玄関の正面に延びた階段を上がった。リノリウムの床がところどころ音をたて、廊下の雰囲気をさらに暗くする。

一号室は廊下の突き当たりだった。

鳥居の部屋の前に立つとすぐ、松浦はノックした。返事はなく、木の引き戸を引いてみても動かない。中から鍵がかけられているようだ。

「おい、鳥居」

松浦と大石は、交互に名前を呼んだ。やはり返事はない。

「いないのかなあ」

大石が呟《つぶや》き、松浦は引き戸に耳をつける。五感を研ぎ澄ませ、松浦はじっと考え込んだ。

「外に回ってみよう」

ガラス戸を通して、部屋の様子を探るためだ。

「せっかく来たんだもんな。もうちょっと待ってみるか」

異変があれば嗅ぎ取ろうと身構える松浦に対して、大石は無防備だった。一方は万が一のことを予想しているけれど、一方はまるで予期してはいない。

夕暮れの中でふたりの影は長く延び、闇に溶けて消えかけていた。

松浦と大石は路地に立って、鳥居の部屋を見上げた。窓ガラスは西日を受け夕日と同じ色を反射させ、内側に引かれたレースのカーテンが赤味を吸っていた。

「旅行にでも出かけたんじゃないのか」

無駄骨を折らせた松浦を非難する口調で大石が言い、吸いかけの煙草を投げて足で消した。

「だといいんだが……」

松浦が呟くのとほとんど同時に、部屋の内側にぼうっと赤っぽい光が点《とも》った。夕日とは異なった、裸電球の頼りない明るさが、カーテンの隙間から漏れてくる。

「電灯がついた」

松浦は、見たままを口にした。顔を上げた大石も同じ情景を目にして、

「なんだ、あの野郎、いるじゃないか」

と、煙草の吸い殻を足で蹴《け》り、玄関へと歩き始めた。もう一度ドアをノックするつもりなのだ。

「おい、ちょっと待て」

後を追う松浦の足は鈍く、ためらいがあった。何か引っ掛かるものがある。明かりのつき方が不自然だった。電灯のスイッチが入ったというより、ろうそくに火が点って徐々に明るくなるようなはかなさがあった。しかも、不安定に揺れていた。隣家の陰になって暗闇が増したことにより、もともとついていた明かりが浮かび上がったようだ。

大石はお構いなしに玄関で靴を脱ぎ、二階に上がって廊下を突き進むと、ドアを叩《たた》きながら叫んだ。

「おい、鳥居。いるんだろ。開けろよ」

だが、返事はない。松浦は、ドアを叩き続ける大石を制して、もう一度耳を当てた。部屋の中はしんとして、物音ひとつしない。人間がいる気配がまったく感じられないのだ。

大石は跪《ひざまず》いていた。何をしようとしているのかすぐにわかった。鍵穴《かぎあな》から部屋を覗《のぞ》くためだ。

片目を閉じ、片目を鍵穴にくっつけた大石は、すぐに喉《のど》の奥からひゅーと音を出して振り返り、背中を壁にくっつけてその場にしゃがみ込んだ。たった今目にしたものの正体がわからず、恐怖ともつかぬ、怪訝《けげん》な表情をしている。

「どうした?」

松浦は、大石を真似て鍵穴から中を覗いた。目をくっつける間もなく、白い手が飛び込んできた。青白くひからびた手が、目の前で揺れている。まるでおいでおいでと呼び込むかのように……。

松浦もなぜか大石と同じ反応をしていた。壁に背中をくっつけてへたり込み、必死で考えようとする。

「見たか?」

「見た」

ふたりは同じものを見たことを確認し合った。部屋の中にはだれかがいる。しかし、いくらドアを叩いても、返事がない。

「どういうことだ?」

「なんとなく、やばい気がする」

「どうしよう」

ここにきてようやく大石の声が震え始めた。

「大家さんを呼んで、合鍵で開けてもらうしかない」

松浦と大石はのろのろと立ち上がり、隣に住んでいる大家に声をかけて、事情を話した。鳥居が最近大学に来なくなったこと、実家との連絡が途絶えてしまったこと、見ている前で部屋の明かりがつき、鍵穴から手が見えるにもかかわらず、返事がないこと。

大家は七十過ぎの老人である。夕飯の途中であったらしく、もごもごと口を動かしながら話を聞き、嫌がりもせずアパートの二階に足を運んでくれた。

指先でぐるぐる回していた鍵束から一本を選び取り、大家は鍵穴に差し込んだ。

ドアが開かれるとき、松浦と大石は無意識のうちに呼吸を止めていた。開いたところには手がある。さっき見たばかりだ。

だが、半畳ほどのスペースには何もなく、意表をつかれたふたりの目の前で、裸電球がジジ、ジジと音をたてて消えていった。

明滅する光の中、松浦と大石の目に、一瞬にして部屋の情景が飛び込んできた。鳥居は、押し入れの前で、身体をくの字にして横たわっている。だらしなく伸びた両手の外側に、一枚の写真がそれぞれ放置され、さらに一枚、頰の下敷きになっていた。口から垂れた涎《よだれ》の白い筋。ティッシュペーパーが数枚畳に舞い、大きく丸められた束が、鳥居の下半身のあたりに転がっていた。鳥居は、ジーンズとブリーフを踝《くるぶし》のあたりまでおろし、下半身むき出しのままだ。

超高層マンションの最上階から世界を睥睨《へいげい》したいと息巻いていた鳥居は、世界を知るどころか、女の身体ひとつ知らぬまま、自らの手で生命を絞り取って、何もない部屋で朽ち果てていた。

本当に何もない部屋だった。家具の類《たぐ》いは机と椅子だけで、カップラーメンの空き容器が数十個部屋の隅に積み重ねられている。机の上には書き掛けの便箋《びんせん》が載せられ、その横に赤と黒のボールペンが転がっていた。

死後三、四日は経過していると思われる死体は、強烈な腐臭を発散する前の状態だったが、なんとも形容しがたい刺激が鼻孔をつき、急な吐き気に襲われた。万が一の事態を予想していた松浦はどうにか耐えた。だが、大石は耐えきれず、その場に嘔吐《おうと》していた。

部屋に点った明かりは、光に感応するフィルムの役割を果たして、まったく同じ光景を松浦と大石の記憶の原板に焼きつけた。

互いの心象風景を見せ合う必要もなく、見たものが寸分違《たが》わず同じであるとわかりきっている。

鳥居の死体が発見されたあと、ふたりは幾度となく自分たちが目にした光景について語り合った。日が沈むのとほぼ同時に部屋の明かりが灯《とも》り、鍵穴の向こうで揺れていたのは明らかに鳥居の手であり、しかし、中に入ってもドア付近に遺体はなく、入り口から唯一の死角となる押し入れの前で、それは頽《くずお》れていた。さらに、松浦と大石が鳥居の遺体を発見すると同時に、裸電球は役目を終えたかのように消えていった。

ふと点った電灯に導かれ、鍵穴を通してそこにないはずの手に招かれた。この二点から、松浦と大石は同じ言葉を思い浮かべていた。

……呼ばれた。

夏に向かう季節の中、腐り始める前に発見してほしいと願う遺体が、親友たちを呼んだのだ。

……早く発見してくれ。でないと手遅れになる。おれ、どろどろに溶けちゃうよ。

あるいは生への未練を持つ魂が、生きている者を呼び寄せ、束の間戯れようとしたのか。

鳥居は、死を望んでいたわけではなかった。当初、松浦と大石は、自殺ではないかと疑念を抱いたが、そうではない。偶然に、悪い要素が重なったことによる急性心不全、いわゆる突然死であることが判明したのだ。

悪い要素の中で最も大きなポイントを占めるのが、失恋であることは言うまでもない。愛する女から愛されれば、男は世界を相手に戦えるだけのエネルギーを得るが、逆の場合、動くことさえ億劫《おっくう》になって、力は枯渇する。鳥居の場合、特にその傾向は強かった。

傷心のあまり大学に行かれなくなり、部屋に籠《こも》ったまま、食べるものといえばカップ麺《めん》しかなく、暑さと相俟《あいま》って肉体は衰弱していった。おまけに、以前から軽い躁鬱《そううつ》病の診断を受け、薬を服用しているせいで心臓が弱っていた。蒸し暑く、うだるような季節。心臓へのちょっとした負担が命取りになるというのに、鳥居は、早苗への思いを体液に変え、命とともに絞り出してしまったのだ。

若さが死を手繰り寄せ始めると、いともあっけなくそれは届いてしまう。

死の直前に鳥居がしていたこと、早苗の写真に取り囲まれていたことを、松浦と大石はふたりだけの秘密として胸の奥にしまった。

早苗はといえば、鳥居から熱烈に愛されていたことにすら、気づいてなかったかもしれない。今も、彼女は知らぬままでいる。

6

大石の脳裏に、鳥居の遺体発見現場が再現された頃合を見計らって、松浦は、寺の塀を指差した。

「この道の奥は行き止まりになっている」

大石は、松浦の意図が読めぬまま、指し示された方向に顔を向けた。

「行き止まり……、それがどうした」

「あのとき、おまえはおれの車に乗るとすぐ、助手席で眠り始めた。どこに連れて行かれたか、知らないのも無理はない。降りてから、道案内したのもおれだ。おまえはついてきただけだ。おまけに二十五年前のことだもんなあ」

……そこでやめておけ。

松浦の中でもうひとりの自分が制止しようとするが、勢いは止まらない。

嫉妬《しっと》するのは筋違いと心得ていた。大石は、いちかばちかの勝負をかけ、会社勤めを辞めて事業を起こし、成功と早苗を得た。背負ったリスクの見返りこそ、かつて鳥居が憧《あこが》れていた、ペントハウスでの快適な生活だった。それに比べ、松浦は勝負を避け、常に安定した道を歩んできた。４ＬＤＫの一戸建てがせいぜいだ。わかっていて、つい水を差したくなる。

大石は黙ったまま、一方的に聞く側に回っていた。

「この辺の街並みはまるで変わっちまった。覚えてるか。ほら、すぐそこには銭湯があった。地上げされたんだろうなあ。奥の宅地を含めて、まとめて何軒かが、地上げにあったんだ」

そこまで喋《しゃべ》ったところで、松浦は、もはや引き返せないことを悟った。

「行き止まりの道の手前に、以前は古いアパートがあった。それが取り壊され更地になり、表通りにあった銭湯の敷地とつながって広くなった」

本当は、あの素晴らしい夜景を汚《けが》したくはなかった。せっかく手に入れた自慢のおもちゃに、けちをつけたくはない。子どもじみた意地悪をして何になる。

「鳥居のアパートだよ。おまえが今住んでいるのは、以前に鳥居のアパートがあったところだ」

大石はごくりと唾《つば》を飲んでマンションを見上げ、路地の奥にもう一度顔を向けた。

「嘘をつけ」

こんな偶然、あるはずがない。大石は否定するかのように唾を吐いた。

だが、鳥居ならやりかねない。あいつはいつも姑息《こそく》な手段で願望を実現させてきた。

今、この瞬間、窓際に陣取り、へらへら笑いながら、世界を睥睨しているに違いない。

松浦は、ドレッシングとベーコンの入った紙袋を持ち替えてから、茫然《ぼうぜん》と身を竦《すく》める大石の肩に手を載せ、耳に口を近づけ、軽い調子で囁《ささや》いた。

「また、呼ばれちまったな」

クライ・アイズ

1

カーテンに隠れて女の下半身は見えなかったが、彼女の脚がどんなかっこうで天井に伸びているのか、簡単に想像することができる。辻村昭典《つじむらあきのり》は、窓の外から眺めたときの映像を思い浮かべた。彼にとっては、見えないことのほうが重要だった。剝《む》き出しの肉体となって迫る現実は重すぎて手に余る。腰から脚に至るラインを、空想の中で無数の視点に立って眺め、エロティックな立体画像を脳内に作り上げるほうが、より生々しく、興奮の度合いも大きい。

今いる超高層ホテルの部屋の前には、道路を挟んで、ほぼ同じ高さのマンションが建っていた。一年でもっとも寒い時期の夜十時、一家の主人も家に戻り、妻や子どもたちは夕食を終えて家で寛《くつろ》ぐ頃。一戸一戸に集まる観察者の視線は、一日でもっとも多くなる時間帯である。向かいのマンションは立地もよく、外観は高級そうで、普通のサラリーマンには手の届かない代物だ。親の代からの遺産を引き継いだか、今流行のIT関連の仕事でひと儲《もう》けした連中が、住民の大部分を占めるに違いないと、昭典は平凡に考えた。そういった、彼の嫌いなタイプの輩《やから》の目にこの女の下半身が晒《さら》されているのだと思うと、複雑な気分になる。素敵なショーをただ見されて癪《しゃく》に障るというのが半分、不自由なく暮らす家庭に毒の片鱗《へんりん》をぶち込める快感が半分といったところだ。

ホテルの敷地は広大で、向かいといっても、マンションまでの距離は数十メートルはある。懐中電灯をオンにして窓のカウンターに載せて焦点を女の尻《しり》に合わせてある。ライトは小さくても光量は十分だ。カーテンを閉めて背景を暗くすればより以上に目立つ。マンションの住人の目に、女の両脚は下からライトアップされたVサインのように見えるはずだった。あるいは明るく照らされた尻が蛍を連想させるかもしれない。

女は、窓辺のカウンターの上に臀部《でんぶ》を載せ、両足の踝《くるぶし》をカーテンレールから垂らされたロープにくくられる格好で、脚の裏側をガラス窓すれすれに接していた。上半身を、カウンター前のソファに仰向《あおむ》けに横たえ、彼女の身体は、今、Lの字形に折れている。クリスクロスタイプのカーテンが完全に窓を覆って外からの明かりが遮断され、裾《すそ》のフリルが女の腹のちょうど臍《へそ》の位置に垂れていた。ビロードの幕によって女の身体がふたつに分けられたも同然、上半身は部屋の内側の暖かな空間にあり、逆さになった下半身はカーテンとガラス窓に挟まれた平べったい空間で、天井に足裏を向けていた。あたかもマジックショーで定番の、女体を半分に切断するシーンのようだ。マジシャンの女性アシスタントは、直方体の箱の中に横たわり、首と足だけを出し、確かにそこにいることをアピールしながら、胴体部分を鋸《のこ》で切られていく。箱がふたつに割れ、切断されたはずなのに、アシスタントは何事もなかったかのように、再び閉じられた箱の中からすっくと立ち上がる。この古典的なマジックに当てはめれば、女は上半身だけを箱の外に出し、下半身を箱の中に納めているということになる。しかし、向かいのマンションの窓からの視点に立てば、見える部位は逆転する。彼らが見るのは女の下半身であって、上半身はカーテンのこちらに隠れている。

ダークグリーンのタイトドレスは、スカートの部分が腰のあたりまでめくれ上がり、むき出しの下半身を覆うものとしては、シルクのパンティと肌色のパンティストッキングのみ。斜め横に視線を移動させれば、ストッキングが締め付けるウェストの食い込みの、わずかに白っぽく変色した皮膚の線も、リアルに眺められるかもしれない。

むき出しの下半身と異なり、上半身に着衣の乱れはなく、力なくソファから垂れ下がった両手がソファの脚に結ばれ、口には猿轡《さるぐつわ》が施されている。

風呂《ふろ》上がりでバスローブを羽織った昭典は、横たわる女の、顔のすぐ横に椅子を引っ張って、腰掛けて脚を組んだ。バスローブはだぶだぶで、両手は袖《そで》の内側に隠れ、床を引きずるほど裾が余っている。まるで身の丈に合わなくても気にする素振りも見せず、一度バスローブなるものを羽織ってみたいと憧《あこが》れていた昭典は、煙草に火をつけ、缶ビールの空き缶を灰皿代わりに満足そうに煙を吐いた。

煙を吐きながら椅子の背もたれに寄りかかった拍子に足が撥《は》ね上がって、女の脇腹を蹴《け》るかっこうになった。

「あ、ごめん」

反射的に謝ってから女の顔を覗《のぞ》き込み、うって変わってねっとりとした声を出す。

「こんなあられもない格好をして、恥ずかしくないのかよ。向かいのマンションから、丸見えだぜ。みんなあんたの下半身を見物している。股《また》のつけ根がライトで照らされてんだから。中には双眼鏡で覗いている奴もいるだろうな。あんたのいやらしいところに、視線が集中するのを感じるだろ。ほら、濡《ぬ》れてこないか」

昭典は、足が上がらないように注意して、今度はゆっくりと背もたれによりかかった。そして、肩をすくませて、

「クックックック」

と笑いを詰まらせ、「たまらんわ」と唇を舐《な》める。「猿轡をしているから喋《しゃべ》れないなんて言わせないよ。その気があるんなら、取ってやってもいい。でも、取ったら、ちゃんと喋れよ。でもよぉ、あんたはおれと口をきくつもりなんてないだろう。手を縛ってるロープだって、ほどいてやってもいいんだぜ。どうせ、ここから逃げることなんてできないんだから、こっちは構わない。でも、不自由なのは慣れっこか。眺める

た。
髪に縁取られた顔は小振りな卵形で、目鼻立ちはほぼ完璧《かんぺき》といえるぐらいに整ってい
ヘアスプレーで固められているのか、数十本ずつまとまって先端がカールしている。
肩まである女の髪は、半分がソファの下に垂れ下がり、半分が首に巻き付いていた。
方にとっても、縛られてるほうが、綺麗《きれい》に見えるけどね」

昭典の両手は、抱き抱えて窓辺に運び、カーテンレールから垂れたロープに両足をくくり付けたときに得た女の重みを、しっかりと記憶していた。身長は百五十センチそこそこで、昭典にも抱き抱えられるほどに体重は軽い。ほっそりしていて、それでいて胸は適度に膨らんで柔らかく、大柄な女が苦手な昭典にとって、彼女はまさに理想の体型、理想の顔をしていた。

「みんなに弄《もてあそ》ばれて、辛《つら》かっただろ。これからは、あんた、自由だ。おれ、束縛なんてしないから……、なんて言える柄じゃないか。ほんのちょっとの辛抱だから、勘弁してくれよ。もう、金のために嫌なことをする必要なんてないんだよ。な、あんた、嫌だったんだろ。あいつから、あんなことされて」

昭典の目は女の手に吸い寄せられていった。あまり強く縛ったつもりはないが、手首のあたりが不自然な格好にねじれている。その部分に触れ、元に戻し、ロープの結び目を緩めてから耳元で囁《ささや》いた。

「ごめん、痛いなら、痛いと言ってくれよ」

昭典の指は、女の手を握ったままだった。しなやかな弾力が指の先を押し戻してくる。昭典は何度か握っては放し、押しては引いて、柔らかな感触を楽しんだ。

実際の年齢は知らなかったが、肌は二十歳の瑞々《みずみず》しさを持ち、すべすべときめ細やかで、日焼けとは一切無縁の白さを保っていた。

昭典は、女の顔に身を覆い被《かぶ》せ、触れんばかりの距離に鼻を近づけ、匂いを嗅《か》いで回った。鼻腔《びこう》を刺激するのは、化粧品の人工的な香りではなく、若い肌そのものが持つ、淡く、乳に似た匂いだ。

されるがまま、女は両目を見開いている。黒い睫《まつげ》に縁取られた目は、我が身が置かれた状況を嘆いているようだ。抑えてはいても、黒目に表情があった。憎しみでもなければ、羞恥《しゅうち》でも、哀訴でもない。はかなげで、弱々しく、今にも涙をこぼしそうな目許《めもと》がバラードを歌い出そうとしている。

昭典は急に、この女がかわいそうになってきて、猿轡として使っていた浴衣《ゆかた》の帯を口から取った。

「ごめんな。こんなことして」

口が自由になっても、女は何も言わず、じっと息を詰めて男の行動をうかがっていた。抵抗を諦《あきら》めているのは明らかだ。昭典は顔を近づけ、興奮のあまり舌を震わせながら、女の唇を舐めた。最初の接触はおそるおそるゆっくりと、慣れてくると次第に大胆になり、唇の隙間から舌を入れて探りを入れる。女はじっとしていた。数回同じことを繰り返してもなお、女が無反応なのに腹を立て、昭典は、弾《はじ》かれたように上半身を起こして、バスローブの袖で口許の唾液《だえき》を拭《ぬぐ》う。

「無視されるのが嫌いだと知っていて、わざとそんな態度を取るんだな」

女は怯《おび》えて肩をすぼめ、身体を一回り小さくした。

「なら、こっちにも考えがある」

昭典は窓辺のカウンターの前に立ち、カーテンの内側に両手を差し入れた。そのままカーテンを開けることなく、断固として女の下半身を見ないという態度で手探りをし、パンティだけを残してストッキングを脱がしていった。

腰から太股《ふともも》、膝《ひざ》、ふくらはぎと、上に行くにしたがって広げられていた女の脚は、ストッキングの張力によって両足首を引き寄せられ、両膝が内側にゆがんで、わずかに内股《うちまた》になる。

ロープが結ばれていて抜き取ることができず、昭典は、ストッキングを足首に丸めたところで手の動きを止めた。

下着の色と肌触りはさっき確認したばかりだった。なめらかなシルク地で色は白。今はストッキングを失い、懐中電灯の光りを直に受けている。懐中電灯はＬＥＤライトのため、シルクを淡いブルーに染め、美しさはますます際立つだろう。青白い色は、ガラス窓一枚隔てる外の冷気とあいまって、素肌をしんしんと冷やしていった。

「冷えて、おしっこがしたくなったら、遠慮しなくていいからな。そのまま、しちゃえ」

無視されたと感じた昭典が、女に下した罰だった。

2

カードキィを差し込んでドアを開けながら、川瀬隆三《かわせりゅうぞう》は、条件反射で、

「ただいま」

と来訪を告げた。安芸子《あきこ》のマンションを訪れるのは一週間に一度と決まっている。にもかかわらず、「ただいま」というのはおかしい。わかっていてつい口から出てしまうのは、酒の場で彼の友人が言っていたことが頭に残っているからだ。青年会議所時代からの友人は、愛人宅を訪ねるとき、いつも「ただいま」と言っているらしく、その理由として上げたのは、「だって、それが女への優しさというものだろ」という、わかったようなわからないような理屈だった。なぜかそれ以来、隆三も「ただいま」を使うようになってしまった。

玄関を上がって、短い廊下を抜けるともうひとつドアがあり、ドアの向こうは二十畳ほどのリビングルームになっている。隆三が来る日はいつも、安芸子は彼の好きなタイトなワンピースを着て、ドアの正面にあるソファに座って待っていることが多い。しかし、今晩に限って、リビングの明かりをつけても、そこに彼女の姿を見ることはできなかった。

「安芸子、ただいま。安芸子」

隆三は、彼女の名前と「ただいま」を繰り返し、百キロに近い巨体を揺らせながらリビングルームを横切り、キッチンを覗き、ベッドルームを覗いた。

喧嘩《けんか》で負った怪我が原因で左右の脚の長さが違うため、歩く姿は微妙にバランスが崩れている。部屋の入り口に立って首を傾げると、その傾向がますます顕著になり、左肩のほうががくりと下がった。

隆三が安芸子のために借りている部屋は、広さに十分余裕のある1LDKの作りで、他にいる可能性があるのはバスルームかトイレだけだ。

まさかと思いつつもトイレのドアを開け、ガラスで仕切られたバスルームを軽くチェックし、いないことを確認すると、隆三は、リビングに戻ってソファに力なく腰をおろした。そのまま、空《うつ》ろな目で天井を見上げ、しばらく茫然《ぼうぜん》とする。

……なぜ安芸子はいないんだろう。

瞬時に湧いた疑問ではなかった。状況を吟味するうちに、徐々になんだかおかしいなという気持ちが強くなっていく。

安芸子がひとりでどこかに行ってしまうはずがなかった。この快適な生活を捨て、自活しようとすれば、茨《いばら》の道が待っている。自由になりたいと意思表示することはあっても、それはポーズだけで、本心からではないと隆三は信じていた。

……では、どうして彼女はここにいないのか。

まず第一に注意すべきは自分の勝手な思い込みに支配され、大事なことを忘れていやしないかということだ。先週の木曜日、ここに来たとき、なにか事件が起こらなかったかと、自分の記憶を探ってみるが、ひとつとして心当たりはない。

普段からの不摂生が祟《たた》り、四十代も半ばにして、最近とみに記憶力が弱くなった。家で酒を飲むと、その時間の記憶がすっぽり抜け落ちるなんてしょっちゅうである。

たぶん安芸子とまた喧嘩してしまったのだと思う。理由はいつも同じだった。籠《かご》の鳥の生活に対する彼女の不満に、家賃月五十万のマンションをあてがわれ、何不自由ない生活を保証され、何か文句があるのかと返し、応酬は延々と続いた。

結局隆三が折れ、安芸子を宥《なだ》め、やるべきことをして、帰ろうとしたとき、彼女はどこにいて自分を見送っただろうかと、その位置が無性に気になった。

一週間前の記憶があやふやなのは、酒のせいではない。マリファナを吸ったからだ。

この部屋に来てやることはワンセットになっている。安芸子とマリファナ。両者の相乗効果は抜群で、もはやどちらが欠けても、満足な快楽は得られない。

隆三が最初にマリファナを体験したのは、父が会長を務める会社のニューヨーク支社長として、現地に赴任中のことであった。夜、ワシントンスクエアを歩いていて、売人から「買わないか」と持ち掛けられ、物盗《ものと》りと勘違いしてポケットから十ドル札と二十ドル札を数枚出すと、どちらかは忘れたが、売人は律義にそのうちの一枚だけを抜き取り、目にもとまらぬ早業でビニールの小袋を手のひらに押し込んできた。その横をパトカーがゆっくりと通り過ぎるのを見て、売人は急に親しげに肩を組み、旧知の間柄を装って機関銃のごとく喋《しゃべ》りかけてきた。顔と顔の距離が近過ぎ、酒とミントでブレンドされた、嫌な口臭が鼻をついたのを覚えている。

部屋に持ち帰ってマリファナを試すと、すぐに効果は現れた。まず、ステレオから流れていた音楽の、ひとつひとつのパートがクリアに際立ち、より研ぎ澄まされた音色となって耳に飛び込んできた。ギター、ピアノ、ベース、アルトサックスがそれぞれに自己を主張し始めた。正確にハイハットを刻むドラマーの、スティックさばきの癖までも明瞭《めいりょう》に聴き取りながら、隆三は、へらへらと笑いを漏らした。一緒にいたガールフレンドに、「だらしなくて、興ざめするから、よして」と呆《あき》れられるほどの、文字通り、意味のない笑いの垂れ流し。言い返そうとして呂律《ろれつ》が回らず、隆三は、ひっくり返された亀のように両手両足をばたばたさせて駄々を捏《こ》ねた。

二十年近く昔のことである。あの頃は、独身で、フットワークも軽く、体重は現在の半分で、瞬発力で快楽を手に入れる若さがあった。

肉体の鋭さを失い、社長の座に就いて収入は増え、結婚して一男一女をもうけ、居心地の悪い家庭生活を手に入れたりと、二十代の頃とはなにもかも大きく変わったが、相変わらず続いているのはマリファナ吸引の習慣だった。

隆三は、ワードローブの奥にしまった段ボールから、インド産マリファナの包みを持ってきて、薄紙に巻いて火をつけ、口に持っていく前にもう一度つぶやいた。

「安芸子はどこに行っちまったのかな」

ぼんやりと考えながら、一回、二回と、深く吸い込み、酒の酔いに似た弛緩《しかん》が肉体の隅々に及ぼうとする頃、はっと気づいてアルミ箔《はく》の上で火をもみ消した。

二か月ばかり前、一緒にマリファナを吸っていて、安芸子がバルコニーから飛び降りそうになったことを思い出したからだ。

安芸子にとってマリファナは、普段心の奥に閉じ込めている感情を解放する力を持っているようで、吸引するとしばしば大胆になり、びっくりするような行動に出ることがある。

「こんな、せいかつには、もふ、しゅうしふを、うってやるわ」

唇を閉じたまま喋ろうとするので、何を言っているのかよくわからなかった。言動から判断して、常日頃の不満を浴びせかけ、飛び降り自殺を図ろうとしているのは間違いないと思われた。

ふらふらとバルコニーに出て、手摺《てすり》を越えようとする安芸子を後ろから羽交い締めにすると、彼女の身体からは急に力が抜け、隆三の腕の中に倒れ込んできた。そのまま抱き上げてベッドに運び、滅多に泊まることのない隆三が、その日は朝まで一緒に過ごして、彼女を見守った。彼なりに優しさをアピールしたつもりだった。

眠りに落ちるまでの間、安芸子は、か細く、頼りなく泣きながら、自分の身の上を語った。その多くは、これまで何度も繰り返し聞かされてきた愚痴の類《たぐ》いである。しかし、隆三は辛抱強く、耳を傾けてあげた。

生まれたとき既に両親がなく、貧乏寺の住職を務める祖父に育てられた安芸子は、幼い頃から木魚を叩《たた》くのが得意だった。庭に面した和室で、座布団の上に木魚を載せ、ポクポクポクポクポク叩いていると、どこからともなく現れた祖父が、

「あきちゃんには木魚の才能があるねえ」

と、褒めてくれた。優しかった祖父を失い、天涯孤独の身となるや、安芸子は、高校を中退してスキー場のロッジで住み込みのアルバイトをして暮らし、春になって雪が溶けると都会にほど近い温泉宿の仲居へと職を移し、夏になる頃には都会へと駒を

進め、ホテルのベッドメイキング係に定着していた。

行く先々で、男から言い寄られ、かといってひとりたりとも自分から好きになることはなく、ホテルを定宿としている金持ちと知り合い、囲われる身へと墜《お》ち、堕落と反比例に生活の水準を格段にグレードアップさせていった。

隆三の前の旦那《だんな》は箪笥《たんす》製造会社の社長で、嘘か本当なのか、マンションの一室に置かれた巨大な桐箪笥の中で、幽閉されるように暮らしてきたのだと、すすり泣く声を大きくする。桐箪笥というのはおそらく何かの譬《たと》えだろう。だとすれば、安芸子が現在の生活を人に説明するとき、どんな譬えを使っているのかと、隆三は気になった。籠の鳥はありきたり過ぎる。もっと大きくて、鉄格子のはまった、檻《おり》のようなものが浮かぶ。中にいるのは二匹の猿。小さなほうが安芸子で大きいほうが隆三。二匹はいつも喧嘩ばかりしている。隆三はともかく、安芸子にとってそこは安寧の地ではない。いや、彼女はこの世界で自分の生きる場がないと思い込んでいる節がある。

いくら隆三が優しく尽くしても、安芸子は年中不満をぶちまけ、ときどき自殺を仄《ほの》めかす。恐らく狂言ではあろうが、初めて自殺を実行に移そうとしたのが二か月前のことだった。

まさかと思いつつ、隆三は、リビングのハイサッシを開き、バルコニーに出た。二か月前、安芸子が飛び降りようとしたのと同じ位置に立ち、手摺に胸を押しつけて、下を覗《のぞ》いてみる。そこは二十三階の高さがあった。数十メートル下には、隣接して建つホテルとの間に片側一車線の道路が蛇行して走り、車道には疎《まば》らな車の流れ、歩道にはコートに身を包んで寒そうに歩く人間の列が眺められた。

眼下に広がっているのは、ごく普通の都会の夜景であり、異変はどこにもない。

ほっと安心の溜《た》め息をつき、顔を上げた隆三は、正面のホテルの、ほぼ同じ高さに位置する部屋の窓が青白く光るのを見て釘付《くぎづ》けになり、目の焦点が窓辺に置かれた物体に合うと、驚きのあまり息を詰めていった。

それはどうみても女の脚で、おまけにライトアップされていた。臀部《でんぶ》を下にして、上に伸びるにしたがって開かれた脚は、カーテンレールから垂れたロープに結ばれ、引き下げられたストッキングが足首のあたりに絡みついている。その向こうはカーテンに覆われ、部屋の中はまったく見えない。芝居の幕間《まくあい》に、垂れ下がった緞帳《どんちょう》の前で、下半身だけの生き物がパントマイムをしている……、隆三は不思議な幻想を抱いた。

事態を飲み込むや、ゆっくりと息を吐き、双眼鏡を出してきて、眼前で行われつつあるパフォーマンスの意味を理解しようと努めた。眺めれば眺めるほど、女の脚に見覚えがあると思われてくる。太股《ふともも》の適度な膨らみから足首のくびれへと至るラインが美しく、膝《ひざ》の裏にはしみひとつない。白いビキニに隠れて見えなかったが、いつも唇を這《は》わすその場所に、彼女だけが持つ特徴があるはずだ。

「安芸子」

隆三は呼び掛けていた。脚の主が安芸子であることに疑問の余地はない。問題なのは、彼女は誘拐されて監禁されているのか、それとも自らの意志で出ていったのかということだ。

隆三は、むしろ彼女が誘拐されたのだと思いたかった。耐えられないのは、自分の意志で部屋を出て、ホテルの部屋で別の男と戯れ、その痴態を見せつけて鬱憤《うっぷん》を晴らしているという状況である。

上にいくに従って脚が開かれた安芸子のポーズは、勝ち誇ってVサインしていると見えなくもない。あるいは、子どものように、お尻《しり》ペンペンをしてこちらをからかおうとしているのか。何らかの意味が込められているのは確かだ。

誘拐されたにしても、自分の意志で抜け出して不埒《ふらち》な遊びに興じているにしても、隆三の取るべき道はひとつしかない。力ずくで安芸子を取り戻す。それだけだ。

そのホテルのバーやレストランを利用することは多く、内部の作りは心得ていた。それぞれの部屋に窓ひとつが割り当てられている構造のため、窓を数えればフロアの中での部屋番号が確定できる。

隆三は、念のためにもう一度階数を確認し、左右から交互に窓の数を数え、部屋の位置をしっかりと頭の中に叩き込んだ。

安芸子がいるのは、二十三階の左から数えて七つ目の部屋だ。

3

部屋のチャイムが鳴らされたのを聴くと、昭典は女の耳朶《みみたぶ》を舐《な》める行為を中断して顔を上げ、反射的にサイドボードの時計を見た。

……十時二十三分。

まだ予定時間の半分が経過しただけだ。

時間の配分を間違えることは決してなかった。早く終わって時間が余ることもなければ、絶頂に達する前にタイムアップすることもない。二時間という持ち時間をフルに使って物語を練り上げ、演出と主演を同時にこなす。

……たぶんホテルの人間だろう。

昭典はチャイムを無視して顔を倒し、女の耳に齧《かじ》りついたが、きっかり五秒の間隔をおいて数回鳴らされた後、音はノックに変わった。気の散ること甚だしく、行為に集中できない。これ以上、放っておくわけにはいかなかった。腰を引いて立ち上がって、バスローブの帯を締め直すと、勃起《ぼっき》していたペニスが力を失って白のタオル地の内側に隠れていくのが見えた。情けなくなると同時に、無性に腹が立ってくる。

空想によって快楽を得ようとする途中、無理やり外部の圧力で中断させられると、致命的なダメージを負う。今まさにクライマックスに達しようとするときであった。せっかく築き上げた妄想の山が崩れれば、基礎造りからやり直さねばならない。

怒りに駆られるあまり早足になり、バスローブの裾《すそ》を足で踏んで転びそうになりながら呼吸を荒くすると、ドア越しに気配が伝わったのか、抑えた声が忍び込んできた。

「女を返してくれないか」

それを聞いて昭典は身体の動きの一切を止めていた。相手はホテル側の人間ではなかった。何か勘違いしているに違いなく、だとすればますます腹立たしくなり、抗議する気持ちが先走って声がひっくり返った。

「まだ約束の時間じゃないだろうが」

本当は怒鳴りつけてやりたいところだが、場所柄を考えれば大きな声も出せず、もどかしい。

相手の返答はワンテンポ遅れた。

「女を返してくれ。そうすれば金を出す。どうだ」

昭典はとっさに、相手に何らかの不都合が生じたのだろうかと考えた。約束は二時間であったが、向こうの都合で反故《ほご》にせざるを得なくなり、ペナルティを提示しようとしているに違いない。

「いくらだ」

相手が金額を提示するまでにはさらに時間がかかった。ポケットから財布を出して、札を勘定しているようだ。

「今、手元には六十四万しかない。これで足りなければ後日振り込む」

昭典は耳を疑った。せいぜい一、二万と踏んでいたのだが、あまりに金額が多すぎる。それだけの金があれば、同じ遊びがあと三十回は楽しめることになる。一旦《いったん》萎《な》えたものを奮い立たせるのはまた今度にすればいい。どう考えても取引に応じるほうが得だ。

「本当か」

「六十四万でいいなら、今、この場で払う。その代わり、女は連れて帰る」

こんなうまい話があるとも思えず、騙《だま》されているのではないかと、昭典はしばし慎重になった。

「見せてくれないか、金を」

「わかった」

チェーンをしたままドアを小さく開けると、男の手のひらで一万円札が数十枚の厚みを誇示していた。食品加工会社で働く給料の、二か月分以上の金額である。

昭典は、ドアを一旦《いったん》閉めてチェーンをはずし、男を招き入れようとしたが、その必要はなかった。チェーンが解除されるや、廊下にいた男は凄《すさ》まじい力でドアを押し広げ、その隙間から強引に肩を滑り込ませてきた。

昭典はその巨体を見上げ、やばい展開になったことを知った。だが、男は昭典の存在など眼中にないように振る舞って、ずんずんと奥に進み、しかし、約束通り札束を手に押しつけてきた。無造作なそのやり方は怒りも露《あらわ》で、身をすくませる昭典に目もくれずソファの傍らに立ち、仰向《あおむ》けに横たわって胸をはだけた女の横に跪《ひざまず》いて、

「安芸子」

と声をかすれさせた。

その様子を見て、昭典の背筋に悪寒が走った。札を数える余裕もなく、ワードローブを開けて背広のポケットに金を突っ込み、バスローブを落としてボクサーパンツに足を通していった。何かがおかしい。どうも自分の予想していたことと違っている。不測の事態が起こったとしても、裸のままでは逃げることもままならない。こわもての顔ながら情けなさを漂わせ、目の焦点の合わない男の顔が、嫌な予感をかきたてる。尋常ならざるものの影が、男の背後から忍び寄っていた。歩く姿はぎこちなく、動き方にも表情にも、バランスを欠いた危うさがあった。それでいて、猫なで声で女に安芸子と呼びかける。

シャツに手を通そうとしたところで、ますます湿り気を帯びてゆく男の声が聞こえ

てきた。

「ああ、安芸子、こんな目にあわされちゃって、だめじゃないか」

目の端で男の姿をとらえながら、昭典は、シャツのボタンをとめていった。手が震えて、思うように動かない。男は、女の首の下に手を差し入れ、抱き抱えようとしたところで、はっと動きを止めた。

「安芸子、おい、安芸子」

何度か名前を呼んだ後、声は緊迫の度合いを高め、短く、縋《すが》るような悲鳴に変わった。

ズボンを穿《は》き、背広に腕を通す時間はなかった。靴のかかとを踏み、コート、ズボン、背広を一抱えに、昭典が部屋を出ようとしたところで男は振り向き、初めて正面から難詰してきた。

「おまえ、安芸子に何をしたんだ」

昭典はドアに向けていた目を戻し、おどおどと答えた。

「何をしたって、言われても、ごらんの通り、一緒に遊んでいただけだよ」

喋《しゃべ》りながら、喉《のど》の奥が乾いていくのを感じた。

「そんなことは見ればわかる。おれが言っているのは、なぜ殺したのかってことだ」

「こ、殺した？」

「安芸子は息をしていないじゃないか」

昭典は驚きのあまり目を見開いた。この男は何をばかなことを言っているのか。正気じゃない。狂っている。もはやこれ以上かかわり合うのはごめんだ。昭典は、男とドアを交互に見やり、両方の距離を目測して脱出の可能性を弾《はじ》き出す。ほかに選択肢はない。やるしかなかった。

ドアに突進してノブに手をかけたところで、それ以上の速さで駆け寄ってきた男の手で肩を摑《つか》まれ、部屋の奥へと放り投げられた。女を横たえていたソファに頭部をぶつけ、手でさすりながら上半身を起こそうとしたところで、衝撃でずれた女の上半身が覆いかぶさり、昭典は元の仰向けの姿勢に戻された。

目を上げるとすぐそこには男の足があった。

「なぜ、安芸子を殺した」

男の声は殺気立っていた。

「何を言ってるんだ。おい、あんた、だいじょうぶか」

目の中に女の髪が入り、眼球に痛みが走った。

「この野郎、おれの愛する安芸子に、何しやがった」

男は靴の先で軽く昭典の脇腹を蹴《け》ってくる。はっきりと身の危険を感じた。この先、蹴りの強さが徐々に増すだろうと容易に想像できる。

い。

「ちょっと、待て。落ち着けよ」

昭典は仰向けのままあとずさりするのだが、女の身体が邪魔になってうまく進めない。

「こんなことをして、おれの安芸子がかわいそうだと思わねえのか。おい、同じ目にあえば、おまえだってわかるだろ。生きている者が、汚辱を受け、命を奪われていくときの、その悔しさが」

言い訳しようとして、うまく言葉にならなかった。男の理不尽な怒りを早急に宥《なだ》め、理解させなければ大変なことになる。でないと、この男は、女にしたことと同じ目にあわせようとするに違いない。

「何を血迷ってる。あんたは、現実が見えなくなっているだけだ」

「血迷ったのはそっちだろ」

思った通り、二発目の蹴りは最初のものより格段に強くなった。昭典は脇腹に手を当てて痛みを堪《こら》え、言葉で説明するのは無理と悟った。この男をわからせるにはどうすべきか。昭典の身体には女が覆いかぶさり、完璧《かんぺき》に整った顔がすぐ横に垂れていた。さっきまで昭典が舐《な》めまわしていたきめ細やかな肌に、ところどころ唾液《だえき》の跡が白く染み付いている。

昭典は、意を決して女の首筋に手を当て、弾力性のある皮膚の奥に指を差し入れた。

「おい、現実を、よく見るんだ」

男を目覚めさせるには、これしかない。はっきりと現実を目の当たりにすればいくらなんでも納得せざるを得なくなる。

昭典は、両足を胴体に巻いて固定した上で、右手四本の指をさらに深く女の首筋に突き立て、両手で頭を抱き抱えると、そのまま上に引っ張って、首から上をひっこ抜き、男のほうに投げた。女の頭部は髪を振り乱して絨毯《じゅうたん》の上を転がり、男の足下を一メートルばかり行き過ぎて止まり、開きっ放しの瞳《ひとみ》を天井に向けた。

女の首の真ん中からは金属製の球形の突起が突き出ている。それが胴体部分との接合部だった。

「な、わかっただろ。この女はただの……」

昭典は言い終えることができなかった。肋骨《ろっこつ》の折れる鈍い音が、耳からではなく直接に肉体を伝わってきた。どうも三発目の蹴りが脇腹の上に入ったようだ。

4

旅行用トランクを転がして隆三がホテルのロビーを出ていくのと入れ替わりに、巨大なショルダーバッグを肩から抱えた若い男が入ってきて、エレベーターホールへと向かった。

コットンパンツにパーカーという、ラフな出《い》で立ちの若い男は、上りエレベーターに乗って二十三階で降り、2307号室の前に立った。チャイムを押そうとして腕時計を見ると、十一時を三十分ばかり過ぎている。予定の時間より十分遅れているが、それもサービスのうちだ。今夜の客は、これまで何度も利用してくれた店のお得意であり、間違いが起こる可能性はないだろう。質《たち》の悪い客にぶつかると店の商売道具を勝手に持っていこうとするから、用心が肝心だ。そこが生身の女と違うところである。

しかし、うまい商売を考え付いたものだと、男はボスのアイデアにいまさらながら感心する。これまでやっていたホテトル業は、商売道具の女の子を確保したり、スケジュール管理するのに苦労したものだ。人間の女は、やれ待ち時間が長すぎるだの、客の質が悪いだのと、口を開けば文句ばかり言う。それに比べ、シリコン製の精巧なドールは、一切文句も言わず、一日二十四時間フル稼働で、客の無理な要求に黙って応《こた》えてくれる。

旧型と異なり、新型のモデルは肌の感触は人間とそっくりで、身体も顔もほぼ完璧な美しさに仕上がっていた。大多数の男に好まれる胸と尻《しり》の大きさを持ち、ウェストから脚のラインは理想的な曲線美を誇る。両手両足の関節は人間と同じように動き、接合部から切り離して頭部は交換可能で、客の好みに応じられる。一体の値段が約六十万円と安くはないが、一か月もあれば簡単に元を取れる額だ。

男は、いつか自分も金を貯め、ドールを何体か買って、この商売に乗りだそうという野心がある。なにしろ、リスクが少ない。客が指定する場所にドールを運び、一時間一万円で貸し出すだけだ。生身の女以上にドールを好み、かといって保管場所等の問題で購入を控える男は数多くいる。これからますます需要は増え続けるという見込みがあった。

なにしろ人間を扱うわけではないので、風俗営業法にひっかかることもなく、トラブルを最小限に抑えられる。唯一、人間と向き合うのは、金とドールをやり取りするときだけだ。

男はチャイムを押して、応答を待った。前払いで金はもらってある。あとはドールを受け取って引き上げるだけだ。

中からは何の返事もない。もう一度チャイムを鳴らし、ドアに耳を当てた。バスルームを使っていて音が聞こえないという可能性もあった。お気に入りのドールをきれいにお湯で洗って返そうとする客もいるのだ。

だが、水の流れる音を含め、中からは何の物音もしなかった。

男は、ドアをノックし始めた。

「お客さん、女の子を返してもらいにうかがいました」

反応をうかがおうと、男はもう一度ドアに耳を押しつけた。中はしんとしている。

ドアの向こうで、ドールが一体増えてしまったことを、男はまだ知らなかった。

5

玄関を開けた安芸子は、乱雑に脱ぎ捨てられた靴を見るより先、部屋全体に漂うマリファナの臭いで、隆三が来ていることを知った。

隆三という男の存在は、安芸子にとって圧倒的だった。男臭く暴君のように振る舞うこともあれば、ナイーブな面を見せてめそめそすることもある。暴力の嵐を見舞った後に見せる繊細な優しさは、到底同じ人間のものとは思えない。凶暴さと優しさ、彼のうちには別の人格が潜んでいる。その両方をひっくるめ、安芸子は心の底から愛し、同時に憎んでいた。

安芸子は玄関から上がろうとして、いつもと比べ何かが違うという印象を抱いた。普段、隆三は脱いだ靴を反対向きにしてきちんと揃えるのだが、今晩に限って爪先《つまさき》を部屋の内に向け、歩幅ほどのずれを残して置かれている。よほど焦っていたのか、他に気を取られることでもあったのか。靴は隆三の一足だけで、今、彼がひとりなのは明らかだ。

安芸子は廊下を進んでリビングのドアを開いた。マリファナの臭いはさらに強く、しかし隆三の姿はそこになかった。バスルームを使う音も聞こえず、待ちくたびれたあげく先に寝てしまったのだろうと察しがついた。

もう深夜の一時を回ろうとしているのだから、眠くなるのも無理はない。

薄暗く落とされたダウンライトの光量を上げてから、安芸子はリビングのソファに腰をおろした。隆三がベッドルームにいるのはわかりきっている。今部屋に入れば、彼は起きるだろう。でも、彼が目覚める前に考えたいこと、心を整理したいことは山ほどあった。

テーブルに載せられた吸いかけのマリファナが安芸子に誘いかけている。口にくわえ、ライターで火を点《つ》けて深く息を吸い、ゆっくりと吐き出しながら目を閉じていった。

今晩、隆三が来るとわかっていて、安芸子はわざと留守にした。ささやかな抵抗、意思表示のつもりだった。待つだけの女でいたくなかった。

隆三から愛されているのはわかる。ほかの男が安芸子に色目を使ったりすれば、殺しかねないほど嫉妬《しっと》を燃え上がらせ、隆三はくってかかる。身体のみを目的に彼がこの部屋に来るわけではないと、信じたい気持ちも強い。にもかかわらず、なぜ心が満たされないのか……。

安芸子にとって、男を本気で愛するのはこれが初めてだった。過去の経験と比較しようにもデータはなく、心に生ずる渇望を自分で分析することができない。なぜこんなに苦しいのか、どこに問題があるのか、まったくわからないのだ。やはり心のどこかで、人間として同等に扱われていないと、察知しているのだろうか。妻という座に納まり、子どもを生み育てれば、この種の葛藤《かっとう》からは逃れられるのかどうか、想像もつかない。一緒にいて楽しいことも多いけれど、なにかのきっかけで喧嘩《けんか》が始まるや心身ともに疲弊し切ってエネルギーは果てる。そんなとき、ふと安芸子は自殺を考えるのだった。隆三を一人占めしたいのにできないもどかしさも、日々待ち焦がれて胸をかきむしる人生も、さっさと終わりにしちまえばいいと。

隆三の愛人となって二年が経つけれど、最近とみに殺すことによって愛する男を自分のものとした阿部定《あべさだ》の気持ちがわかるようになってきた。昔はそんなことを考えたこともなかった。しかし、今は阿部定の行為が女としての理想型と思える。

マリファナの効果で、身体の疲れが和らぎ、気持ちが大胆になっていった。苦しければ死ねばいい。子どもの頃からいいことはひとつもなかった。その選択肢が常に自分の手に握られていると思うと、気持ちは楽になる。

今日のところは苛立《いらだ》ちを治め、自分から折れたほうがいいと、安芸子は思い始めた。来るとわかっていて留守にしたことを、隆三に謝るべきだ。とにかく、今この状況で、隆三を失うわけにはいかないのだと、心より先に身体がわかっていた。

安芸子は心を決めて立ち上がり、ベッドルームのドアをそっと開けた。部屋の電灯は消され、内部を照らす明かりはリビングから差し込む照明のみである。

思った通り、隆三はかすかな寝息をたて、ベッドで横になっている。起こすのもかわいそうかと、ドアを閉めようとしたとき、彼は寝返りをうち、その拍子にもうひとつの影が反り上がるのが見えた。

安芸子は我が目を疑った。なにか錯覚でも起こしたのだろうか。今、隆三の向こうに、女のシルエットを見たように思う。

閉じようとしていたドアを大きく開け放つと、ベッドルームに光りの帯が延び、部屋の様子が明らかとなった。脱ぎ捨てられたズボンにコート、ダークグリーンのワンピース、絡まったパンティストッキング、その横では旅行用のスーツケースがL字形に蓋《ふた》を開けている。

眼前にある光景の細部に、あやふやなところはひとつもない。にもかかわらず、安芸子は現実を拒否しようとしていた。

……なに、これ。嘘でしょ。

一歩一歩ベッドに歩み寄り、ふたりの身体を眼下に見下ろす位置にきてもまだ、同じ台詞《せりふ》が彼女の口から漏れた。

……お願い、嘘でしょ。

目が慣れてきて、薄明かりの中でもはっきりと状況が読めた。ふたりとも胸から上をシーツで覆っているが、少なくとも上半身が裸なのは一目瞭然《いちもくりょうぜん》だ。隆三の右手は女の胸に置かれ、愛《いと》しそうに抱き寄せるかっこうをしていた。女は両目を閉じ、隆三の愛に応《こた》えようと顔を寄せている。

驚いたことにその顔は安芸子にそっくりだった。目鼻立ちと顔の輪郭、その造作がはっきりとわかった瞬間、燃え上がる怒りが安芸子の胸を焦がす。自分とよく似た女を横にはべらせるこの男は、一体どういう了見なのか。身体が目的で部屋に来るわけではないと、信じようとした自分がばかだった。この裏切り行為が気持ちを正直に告げている。おまえの代わりなどいくらでもいる。おれが好きなのはおまえの心ではなくその身体だ。敢《あ》えて、そっくりな女と寝ているところを見せ、別れを切り出そうとしているに違いなかった。来るとわかっていて、部屋で待たなかったことを根に持ち、隆三は、残酷な復讐《ふくしゅう》に打って出たのだ。

「わたしは人形ではない」

安芸子は声を振り絞って後じさった。背中を壁にぶつけ、そのまま横に移動してドアから出ると、身体は自然にキッチンへと向かう。流しの下の戸を開き、切っ先の鋭い包丁を一本取り出し、両手で柄の部分を握り締め、ふと気づくといつの間にかベッドルームに戻っていた。

自分が何をしようとしているのかよく心得ている。人格はふたつに裂け、一方の自分がもう一方の自分を客観的に眺めていた。気が動転した片方が冷静な片方に問い掛け、自分の行動を正当化すべく御墨付きを欲しがっていた。冷静な人格はなかなか首を縦にふらない。しかしついに根負けして、

「しょうがないわねえ」

と許可をおろすや、安芸子は、シーツをめくって隆三の裸の胸に包丁を突き立て、体重をかけていった。切っ先が厚い胸を貫通してマットレスに到達する手応えを得ると同時に、脚が撥《は》ね上がり、二、三回大きく痙攣《けいれん》した後、隆三の身体はぴくりとも動かなくなった。

その隣では、目を開くこともなく女が眠り続けていた。

後悔はなかった。いずれこうなるという予感は以前からあった。

くるりと振り返って、安芸子は力強い足取りでリビングを横切った。バルコニーに続くハイサッシの窓を彼女が開けようとするとき、隆三の横で眠っていた女は、上半身を起こし、薄く目を開けて安芸子の背中を追った。彼女がこれから何をしようとしているのか、心得ているような視線である。

窓が開けられ、安芸子がバルコニーに出るのと入れ替わりに、外の冷気が部屋に流

れ込むと、女は唇のあたりをわずかに緩め、笑みを浮かべた。あたかも、人間たちの愚かさを嘲笑《あざわら》うかのように。

夜光虫

43フィートのセーリングクルーザー〈オスプリーⅢ世号〉は三崎《みさき》を出て大島を目指していた。

ホームポートの小網代湾《こあじろわん》出港後すぐに三崎の岸壁に横付けしてマグロ料理を味わい、時計回りで大島を回って、明日《あした》の朝には再びホームポートに戻る予定である。

八月終わりの穏やかな夜、時刻は九時を過ぎたばかりだった。風は10ノットを超えることはなく、北東のアビームに近いクォータリーのため、機関を止めても5、6ノットの艇速がキープできた。うねりが少し残っているだけで、海面はのっぺりとして、乗り心地は快適そのものだ。ロールもピッチもなく、船の舳先《へさき》は海面をなめらかに切っていく。

愛する女性にナイトクルーズを味わわせてやりたいと願っていた川端光明《かわばたみつあき》にとって、この夜の海は願ってもないコンディションであった。川端は、再婚の可能性を心に探り始めていた。これをきっかけに将来の妻もまたヨットに興味を持ってくれたらと甘い期待を抱いて、海面と彼女の横顔を交互に見やる。

川端が思いを寄せる倉田貴子《くらたたかこ》は、そのときコクピットに座って身体をねじり、ヨットが作る航跡に視線を注いでいた。小さな引き波の表面が青い夜光虫の群れに覆われ、その下から水泡が白く盛り上がって、後方に流れてゆく。青と白の粒子は無数に混じり合って海面を彩っていた。顔を南の海域に向けると、両色灯を点《とも》した大型船が、東京と関西を結ぶ航路に列をなしているのがわかる。貴子は、夜の海が思った以上に明るいということを初めて知った。

見るのに夢中で、尿意にさえ気付かず、いつの間にか我慢できないぐらいに膀胱《ぼうこう》は膨らんでいた。立つと同時に貴子は訊《き》いていた。

「あの、トイレ、使ってよろしいですか」

航行中のヨットで用を足すのは初めてである。トイレの使用方法もよくわからない。

「キャビンに降りると酔いやすいから、なるべく早く済ませて出てきたほうがいいよ」

答えたのは〈オスプリーⅢ世号〉のオーナー、杉原《すぎはら》だった。男なら、「小便ぐらい外でしろ」と命じたところであるが、女性にはそうもいかず、用を終えたあとのポンプハンドルの使い方まで丁寧に教えた。

内科医の杉原は、医院の経営を息子に任せほぼ引退したも同然の身分で、夏場のほとんどをヨットで過ごしている。

キャビンに降りてすぐ左側がトイレシャワールームだった。広くはないが、便座とシャワーが機能的に配置されている。荒れた海なら、女性が用を足すのはなかなか骨が折れるけれど、今晩の海況なら何の問題もない。三崎でマグロを食べながら飲んだ生ビールは二杯。この下がすぐ海という状況は、排泄《はいせつ》という行為に小さな刺激をもたらす。

ヨットのトイレを使うのは初めてで、ポンプハンドルを押したり引いたりしながら海水を汲《く》み上げ、便器の内側を洗い流すのも一苦労だった。フィルターが入っているため、水流に大きなゴミが混じることはなかったが、藻の小片ぐらいならたまに出てくることもあるという。

貴子は、執拗《しつよう》に何度も何度もポンプハンドルを動かし、自分の痕跡《こんせき》を洗い流そうとした。

「あっ」

と、声を上げたときはもう遅く、宝石大の小さな玉がルーレットのように便器の内側を転がり、中心部の管に飲み込まれていった。

白濁した真珠のような輝きが、瞼《まぶた》の裏に残っている。しかし、真珠が海面に浮いているはずがなかった。フィルターをすり抜けてきた小さな玉は浮力を持っていて、海面付近に漂っていたとしか考えられない。それが偶然、海水の引き込み口から吸い上げられてしまったのだ。

水泡に包まれた夜光虫という空想を押しやり、もっと現実的に、貴子は、ビービー弾を思い浮かべていた。五年ほど前の、まだ二、三歳だった頃、公園を歩いていてビービー弾を発見するたび、娘の真由《まゆ》は座り込んで、

「ビービーだま。ビービーだま」

と、言いながらポケットに集めていったものだ。現在、真由は小学校二年に成長して、ビービー弾を拾い集める遊びはとっくに卒業している。

ビービー弾とはおもちゃの銃に使用される、プラスチック製直径5ミリ程度の弾である。赤やピンク、オレンジに白と、色合いがカラフルで、ある一時期、公園に行くところこれが無数に落ちていたりした。保育園で集団散歩のおり、必ず園児たちは皆地面にしゃがみ込んでこれを拾い集めた。幼児は地面に落ちているものを拾う癖がある。一旦《いったん》集め始めると、目に見える範囲になくなるまでやらないと気がすまないらしく、これには閉口させられた。時間のあるときならまだしも、仕事の行き帰りで急いでいるときは、無理やり中断させて公園から連れ去らねばならず、何度泣かれてしまったことか。おまけに保育園仲間のひとりが、ビービー弾を数個まとめて飲み込むという事故を起こしていたので、貴子にとっては、この弾にいい思い出はなかった。

便器の内側に転がるビービー弾は、娘の腸を抜けて排出されたかのような印象を与え、貴子は不意に嫌な予感を覚えた。

油壺《あぶらつぼ》のヨットハーバー・シーボニアでオーナーの杉原とその仲間たちに紹介されたのが午後四時頃だった。つい最近一線を越え、親しく付き合うようになった川端から、彼がクルーを務めるヨットに親子で乗りに来ないかと誘われたとき、夏休みも終わろうというのに娘に格別の思い出を作ってあげられなかったと悔やんでいた貴子は、一も二もなく飛び付いて、東京から三浦半島の小網代湾に駆け付けた。

ヨットに乗り込むやいなや、真由は船首にあるオーナーズルームにもぐり込んで、ベッドに横たわってしまった。貴子が無理にデッキに引き上げようとしなかったのは、娘は船酔いしたに違いなく、ならば横になっていたほうが楽だろうと判断したからだ。結局、真由は三崎に着くまでの一時間、ずっとオーナーズルームに閉じこもり、デッキに出ることはなかった。

夕食の前にそっと訊いたところ、船酔いしたのではなく、単に部屋が気に入ったというだけとわかり、「なんだ」と拍子抜けしてしまったのが二時間前のことである。

三崎でマグロ料理を味わった後、杉原をはじめ、川端とふたりのクルーたちは、ほろ酔い機嫌で岸壁に横付けされたヨットに飛び乗った。そのあと、真由はどうしただろうか。キャビンに降り、一目散にオーナーズルームに走り込み、ベッドで横になっている……、貴子はそう思い込んでいた。

三崎を出港して一時間近くたっているけれど、その間、貴子は真由の姿を確認していなかった。

大型船のたてた引き波のせいだろうか、横に二度三度大きく揺れた拍子に貴子はよろけ、トイレのドアからサロンに転げ出てテーブルに手をついた。狭い空間にこもっていたせいか、軽い酔いを覚えた。デッキに出ればすぐに覚める程度の酔いであったが、貴子は、船首側のオーナーズルームに向かって歩き、ドアの前に立ってノブを押した。

メインサロンに点された明かりによって、部屋の様子は一目で知れた。

そこに寝ているはずの真由がいないという事実に気づいて、貴子は数秒間身体の動きを止めてしまった。

ダブルベッドが中央にでんと構えられ、左舷《さげん》側にワードローブ、右舷側にキャビネットがしつらえてある。

「まーちゃん！」

どこからも返事はなく、貴子は、ワードローブとキャビネットのドアというドアを次々に開け放った。もちろん、そんなところに真由が隠れているはずはない。

唾《つば》を飲み込むときの「ごくり」という音が頭蓋《ずがい》の内に響いた。貴子は足をもつれさせ、テーブルに手をついて、メインサロンを抜けていた。自分がトイレにこもっている間に、真由はコクピットに出てしまったに違いない。そうであるようにと祈りながら、コンパニオンウェイから上半身を出し、コクピットに座る男たちを見回した。

月に照らされて浮かび上がるシルエットは四つ。そこにも娘の姿はなかった。

杉原と川端は、貴子の表情に緊迫の色が浮かんでいるのを見逃さなかった。

「どうかしましたか？」

川端は腰を半分浮かしかけていた。

「うちの娘、ここに来ませんでした？」

喉《のど》が渇き切り、貴子の声はかすれている。それでもコクピットに座る四人は、瞬時に状況を把握して、視線のやりとりでコミュニケーションを交わし合った。

クルーの中でもっとも若く、コンパニオンウェイに近い位置に座っていた竹本《たけもと》が立ち上がり、貴子を上に引き上げる代わりにキャビンに降り、船尾から船首まで探りをいれていった。

コクピットに響く音で、キャビンを動き回る竹本の一挙手一投足が手に取るようにわかる。船尾にダブルバースがふたつ、船首にオーナーズルーム、中央にメインサロンというオーソドックスなレイアウトのヨットの中、小学二年の女の子が潜り込みそうな場所をしらみつぶしに調べているようだ。

ヨットのこととなれば、長くクルーを務める竹本のほうがずっと心得ているに決まっている。

……どこかに自分の見落とした場所があったに違いない。

貴子は、娘がこの船の中にいますようにと祈りながら、コクピットで待った。

生まれたときから手のかかる赤ん坊だった。癇《かん》が強いのかわけもなく泣いて、夜中だろうが朝だろうがお構いなく、親を手こずらせてくれた。言葉を覚えるのも遅く、笑顔も少なく、人に懐くということがなかった。特に父親に抱き上げられると、人目もはばからず火のついたような泣き方をして、衆人の面前で夫に平気で恥をかかせた。父を嫌っているとしか思えない反応のしかたは、ちょっと度を超えていた。

今思えば、離婚の原因は夫に対する娘の態度にあったと、はっきり分析することができる。真由が夫に懐き、それを受けて彼が娘をもっと可愛がれば、離婚という結末には至らなかったように思う。つい娘に手を上げたくなってしまう気持ちも、わからないわけではない。夫の中では、可愛さよりも鬱陶《うっとう》しさのほうが徐々に勝っていったのだ。

娘への折檻《せっかん》が限界を超え、暴力が自分のほうに向かい始めてからは、日一日と離婚への願望は高まっていった。他に逃げ場はない……、そう悟ったとき貴子は、決意していた。

真由は三歳の誕生日を待たずに父を失い、中目黒にある実家は、母、貴子、真由と、親子三代女ばかりの住居と化した。

まがうことなく夫の血を分けた子どもである。彼もまたそのことを疑ったことはない。娘が生まれたとき、夫は心からの歓喜を口にした。単に相性が悪かったというだけなのか、あるいは実家に夫を引き込むことによって発生したストレスが要因なのか。正確に分析し、反省すべきポイントを押さえなければ、たとえ川端と再婚したとしても同じ結果を招くだけだ。

それとなく口にされ、貴子は、川端との結婚を意識し始めていた。もう二度と結婚することはないと諦《あきら》めていた貴子だったが、母の入院をきっかけに、いい人が現れればまた一緒に暮らしてもいいと思うようになっていた。そんなところに、元夫と同様に、子どもを妻に渡して離婚した川端が現れたのだ。

一緒に暮らすことのできる相手の条件はかなり厳しい。真由との相性がまずければ、また同じことを繰り返してしまいそうな気がする。血の繋《つな》がった父にさえ懐かなかった我が子が、新しい父とうまくやっていけるかどうか、貴子が家庭の幸せを得るためのハードルは相当に高い。

今回のクルーズはその可能性を見計らうという意味も含まれていた。三崎でマグロ料理を食べながら、いくら川端が喋《しゃべ》りかけても、真由はまともに返事もせず、ヨットに乗れば乗ったで一目散にオーナーズルームに駆け込んでデッキに現れようとしなかった。

しかしだからといって、貴子にとって娘は最大の宝物であり、何をおいても守らねばならない存在であるのは確かだ。

竹本がコクピットに上半身を出すと、貴子の思いは途切れ、弾《はじ》けるように振り返っていた。

彼は震える声で短く言った。

「やばい、いない」

ヨットが前線の中に飛び込んで予期せぬ荒天に襲われても顔色ひとつ変えない竹本の口から「やばい」という言葉が飛び出すと、さすがにその場にいる全員の顔から血の気が引き、杉原はオートパイロットを解除して風上に上り始め、いきなりタックを始めた。残りのクルーたちは慌てふためいてジブシートを引きに走り、コクピットに出現した慌ただしい動きは、貴子の目にパニックと映る。

とにかく元の場所に戻らねばならない……、杉原の頭に浮かんだのはそれだけだ。

当然のことながら船乗りは皆、落水という事態を極度に恐れる。夜の海に幼い女の子が落ちたとなれば、意味するところは明らかで、だれひとりそのことを言う勇気もない。杉原は、歯ぎしりしたい思いで来た方向と反対の角度で船を上らせた。

会話が持たれたのは、針路が一定に保たれてからのことである。

考えてみれば不思議だった。デッキに出なければ、落水という事態に至るはずがないにもかかわらず、真由が上がってきたのを見た者はだれもいないのだ。オーナーズルームにはバウデッキに出るためのハッチがあり、簡単にすり抜けが可能だ。そこからバウデッキに出て、パルピットの隙間から落水したという可能性もなきにしもあらずだ。しかし、落ちれば音と水飛沫《みずしぶき》が上がって、いくら後方のコクピットにいてもだれも気付かないはずがない。特に今晩のように静かな夜であればなおさらだ。

もっとも有り得そうな状況を考え付いたのは、ほぼ全員同時だった。

「おい、だれがあの子をヨットに乗せた？」

杉原が問う前から、似たような疑問がみんなの脳裏に浮かんでいた。

……あの子は本当にヨットに乗ったのだろうか？

貴子もそうだった。マグロ料理を食べ終わり、ほろ酔い機嫌で岸壁を歩くとき、確かに真由は後ろからついてきていた。わずかに踵《かかと》を引きずる特徴のある足音が背後から響いて、か細く伸ばしてきた手が何度か、尻《しり》のあたりに触れてきた。ただ、自分はどこか浮かれた気分で、川端との会話に夢中になっていた。ヨットという非日常の中で本来の自分を見失っていたようにも思う。

もやいロープを引いて最初に乗り込んだのは杉原で、次が川端だった。川端はパルピットの内側に立ち、さらにロープを引いて、貴子が飛び乗るのをサポートした。貴子は貴子で自分が先にヨットに乗り、しかる後真由の身体を受け止めようと考えていた。

ところが、引き潮のせいで、岸壁の縁より下がってしまったヨットに飛び移るとき、踵の高いサンダルを履いていた貴子は軽く足首を捻《ひね》ってしまった。

「痛い！」

声を上げると同時に屈《かが》み込んできたのは川端だった。貴子は、足の痛みに気を取られるあまり、真由の存在を確認しなかった。川端もまた貴子の足首ばかり心配して自分の膝《ひざ》の上に彼女の足を乗せ手でもみしだいた。その間が何秒であったか、あるいは何十秒であったか、貴子は覚えてなかった。顔を上げると真由の姿は既に岸壁になかったので、他のクルーが彼女の乗船を手助けしたとばかり思っていた。

岸壁の奥は魚市場で、薄暗がりの中にはコンクリートの柱が幾本も並び、マグロの生臭さが漂っていた。

自分の存在を無視して川端が貴子のほうに身を翻したとき、真由は市場の奥の闇に駆け込んでいったのかもしれない。あるいは、子どもの興味を引く何かが、突如闇の中から現れたのか……。

真由は常に気配を消して動くところがあった。

考えれば考えるほど他の解釈が成り立たないように思え、貴子がそのことを口にすると、皆一様に静かな同意を寄せてきた。

だからといって安心したわけではない。特にオーナーの杉原は決断を迫られていた。もし本当に落水したなら一刻も早く海上保安庁に連絡しなければならないからだ。岸壁に取り残したと解釈して捜索を怠り、そのせいで人命が失われたとなれば、後の海難審判で責任を追及されることになる。

ひとりひとりの思惑は別のところにあったが、真由が消えてしまったという一事は、ヨットの上にいる全員に、吐き気を催させるほどの緊張を強いてくる。台風の中に飛び込んでしまったときのほうがまだましだった。相手が強風なら、闘い方もわかっている。やるべきことをするだけだ。しかし、ヨットの中で少女が姿を消してしまうという状況には、どう対応すればいいのか。

貴子と杉原、川端を始めとする三人のクルーはじっと海面を見つめていた。浮遊物があったら見逃すまいという強い視線だった。

そのときバウパルピットに身を寄せて立っていた竹本が鋭い声を上げた。

「止めろ!」

叫び声に反応して、杉原はヨットを風上にたててセイルをシバーさせ、船の行き足を止めようとした。すぐに船は止まらず、惰性で滑るハルの下、ＦＲＰ相応の厚みを通して、何かが擦《こす》れていく気配を感じ取ることができた。ロープの束が船底に触れながら後方に流れていくのは、俯《うつぶ》せに浮いていて腹をくすぐられる感触と似ている。五人の男女は耳で音を追いながら船尾に移動し、トランサムステップの先に視線を落とした。

浮遊物は、海面下ほぼ30センチの深さで、夜光虫に縁取られながら漂っていた。青白い輪郭ははっきりと人の形を示している。成人ではない。身体の輪郭は小さく、しかし顔だけが異様に大きく膨らんでいる。

皆同時に短く息を吸い、そのまま呼吸を止めていた。唯一、貴子だけが全身から力の抜けた、張りのない悲鳴を上げ、その場にしゃがみ込んでいった。

水死体は仰《あお》向けの格好で漂い、そのために顔を確認することができた。明らかに男であり、一見しただけで真由の服装と違うのがわかる。真由は赤い花柄のついた黄色いワンピースを着ていた。それに対し、水死体の少年は、青いTシャツに黒の半ズボンという姿である。

咄嗟《とっさ》の行動に移ったのは川端だった。ロッカーからフックを取り出し、彼は、トランサムステップに出て男の子を引き寄せようとした。放っておけば、水死体を見失ってしまう。その前にこれを確保し、すぐに保安庁に連絡を入れなければならない。

川端が、男の子のベルトの下にフックを差し入れ、引き寄せようとしたとき、キャビンの中で携帯電話が着メロを奏で始め、貴子はぴくんと背筋を伸ばした。

……だれかが呼んでいる。

それは貴子の携帯電話だった。彼女は這《は》うようにしてキャビンに降り、音の発信源を頼りに自分のバッグを探した。早く出なければ消えてしまいそうなほど、音は弱々しい。貴子は、メインサロンのソファに置かれてあったバッグに飛びつき、携帯電話を引き抜くや通話ボタンをオンにしていた。

「もしもし」

受話器から響いてきたのは聞いたこともない女性の声だった。早口でまくしたてられ、最初のうち何を言おうとしているのか理解できなかった。気が動転していた上、女の言い方が要領を得なかったからだ。

くどく繰り返されるセンテンスが、時間の経過を一切無視して、咎《とが》めるような口調になったとき、貴子はようやく意味を解すことができた。

「とにかく、代わりますからね」

女がそう言うや、受話器から聞こえる声の質が変わった。

「ママ……」

喋《しゃべ》っているのは真由だった。大切な者の声に触れ、貴子は思わず両目を閉じていた。同時に、神に対する感謝の気持ちが湧き上がる。

やっぱり彼女を岸壁に置き忘れてきたのだ。

ふとした気紛れで真由は魚市場の奥に迷い込み、そうこうしているうちにヨットは行ってしまい、待っても待っても船は戻ってこなかったと泣き声で言う。途方に暮れて夕食を取ったマグロ料理店に戻ったところ、おかみさんが出てきて事情を訊《き》かれた。泣きながら訴えたところ、彼女はすぐに貴子の携帯電話の番号を真由に訊き、店の電話から連絡を入れてくれたのだ。

貴子は、ほっとするやら嬉《うれ》しいやらで声にならず、このニュースを皆に伝えるべく、電話を耳に当てたままデッキに上った。

「ごめんね、まーちゃん。すぐに戻るから、そこで待っててね」

娘に謝りながら、零《こぼ》れる涙を手の甲で拭《ぬぐ》い、川端に向かって、娘が三崎で発見されたことを伝えた。しかし、川端は大きく反応を返すわけでもなく、

「ああ、そうか。よかったじゃないか」

と、興味なさそうに言い、少年を凝視してフックの位置を一定に保ち続けた。フックがはずれて水死体を見失えば、取り戻すのが困難になる。

フックが少年のベルトに絡みつき、波に応じて二度三度と揺れたときだった。少年のポケットからカラフルな原色の玉が流れ出て、夜光虫の群れと混ざり合っていった。

川端は、少年のポケットから流れ出たものがビービー弾であることを知らない。それ

らは少年と同じくらいの水深を保ち、浮いたり沈んだりしながら、いかにも不自然な色合いを放って彼の身体を取り囲んだ。

貴子のいる位置から、少年の水死体が見えるわけではなかった。しかし、男たちの行動から推せば、トランサムの向こうで何が起こっているか、はっきりとイメージすることができた。見たのはほんの一瞬だったが、水面を漂っていた男の子の顔をはっきりと覚えている。彼もまたメッセージを伝えようとしているに違いない。

「ずっとここにいたのに、だれも見つけてくれないんだもん」

受話器の中で、真由はさっきからずっと同じ台詞《せりふ》を繰り返していた。

携帯電話から聞こえる声の主が娘なのか、男の子なのか、わからなくなるような感覚を抱き、貴子は、大きくひとつ胴震いをさせた。

しるし

1

この家が発する臭いの正体を、摑《つか》むことができなかった。引っ越して四年もたてば、家そのものの臭いには慣れてしまう。一年半前に祖母が転がり込んで以来、微妙な変化が生じ、臭いの発生源を判別するのが不可能になってしまった。たまに来客があったりすると、玄関先で鼻に手を触れる仕草をされることがあり、そのたび、自分にはわからない臭気が、ドアのこちら側にたちこめているに違いないと意識させられる。

桜が散ったばかりの、空気の色が桃色にかすむような季節、しかし、華やいだ春の匂いはこの家と無縁である。

小学校五年に上がってクラス替えが行われ、仲のよかった友人たちは別々のクラスに散ってしまった。新学期が始まる頃になると、由佳里《ゆかり》は、ほんのわずか神経が過敏になり、不必要な緊張を強いられる。学校が休みだというのに、家族の中で一番早く起きてしまったのは、早朝に胸の動悸《どうき》に襲われたからだ。寝ていて急に呼吸が激しくなることはたびたびある。今朝は特に、鼻の奥に枯れ草を焼くような刺激が突き上げてきた。

由佳里は台所に立って、牛乳をコップに注いで飲み干した。嗅覚《きゅうかく》が麻痺《まひ》してしまったのか、ミルクが水のように感じられる。舌触りもあっさりとしたものだ。

居間のソファに座って、テレビのリモコンを捜していると、いつの間に起きてきたのか、背後から母の由布子《ゆうこ》に声をかけられた。

「あら、早いじゃない」

「うん、目が覚めちゃった」

母は、居間のテーブルに目をやって新聞がないのを見て取ると、間髪を容《い》れずに催促してくる。

「朝刊は、まだなの」

新聞は朝刊夕刊とも一階の集合ポストに投函《とうかん》されるため、一家のだれかが、毎朝、四階と一階を往復して取りに行かなければならない。山本家《やまもと》では、この役を、由佳里と弟の翔太《しょうた》が毎日交代で行うというルールができあがっていた。

朝の八時前、翔太はまだ母の部屋のベッドで丸くなっている。昨日も由佳里が新聞を取ってきたから、今日は弟の当番のはずだ。

……だって、今日は翔ちゃんの番。

言うのは簡単だった。しかし、その先の展開は簡単に予測できてしまう。苛立《いらだ》ったときの癖で、母は両目を強く閉じて顔を横に振る。

……融通のきかない子だね、この子は。

それでもまだ由佳里が動かずにいると、

……わかったわよ、もうあなたには頼まない。

母は声を荒らげ、これみよがしにドアを開けて、玄関から飛び出していく。

……こんな化粧気のない顔、人様に見られたら、どうするのよ。

などと文句を並べながら。

……待って、わたしが取りにいく。

いくら追いすがっても無駄だった。一旦《いったん》機嫌を損ねるや、母の怒りはしばらく収まらない。その都度、由佳里は身の縮む思いをし、さっさと母の言う通りにしておけばよかったと後悔するのだった。

翔太が同じことをしても、母の反応はまったく違った。由佳里が寝ていたとしても、役割の放棄は許されず、無理やり起こされ、新聞を取りに行かされる羽目になる。

……いやになっちゃう。

由佳里は、恨めしげな一瞥《いちべつ》を母に与えただけで、口答え一つせず玄関前に立ち、三和土《たたき》に置かれたサンダルに一歩足を踏み出した。そうして、ドアノブに手をかけようとしたところで、動きを止めた。片方の足は廊下の縁《へり》、もう片方は玄関の三和土に無造作に放り出されたサンダルの中、という不安定な姿勢だった。

ドア一枚隔てた外廊下に漂う濃密な人の気配に、身をすくませてしまったのだ。不安定な姿勢のまま、片手を横のシューズボックスに添え、由佳里はじっと外の音に耳を澄ました。昨日の午後は町内をパトカーが走り回り、拡声器を使って住民に注意を呼び掛けていた。由佳里の頭の中にはまだ女性警察官の声が残っている。

「近ごろ、この付近で、バールのようなものを使って玄関がこじあけられる事件が多発しています。マンション内で不審な人物を見掛けたら、互いに声をかけあうなど心掛けてください」

ドアの向こうに人が立っているという気配は音によってもたらされた。ササササ、ササと、物と物が擦《こす》れる音が、押したり引いたりしている。衣擦《きぬず》れの音なのだろうか、それとも箒《ほうき》で掃く音……。管理人さんが掃除をしているのかもしれないと、由佳里は、魚眼レンズに目を近づけていった。

ドアの外は、正方形の共用スペースを囲んで、対辺にふたつずつの割合で各戸のドアが並び、もう一方の対辺にはエレベーターと階段が配置されている。二階から五階までがみな同じ作りで、ワンフロアにつき四戸、一階が二戸のみ、マンションの総戸数は十八戸というこぢんまりとした作りだった。

近ごろ近視が進んで、遠くの風景がぼやけ始めてきた。そろそろ眼鏡が必要になる頃だろうが、目が悪くなったことさえ母に言い出せず、学校の授業は目を細めて受けている。

そんな白っぽくぼやけた丸い視界の中を、突如人間の顔が横切るのを見て、由佳里は思わず身を引いていた。無意識のうちに口に手を当て、声を出さないようにしたけれど、ドア一枚隔てて相手との距離は数十センチしか離れていない。自分の動きが察知されたような気がして息をつめ、もう一度覗《のぞ》くと、今度は、帽子に覆われた頭がそこにある。正面でもなければ後頭部でもない。人間が横を向いてすぐ前に立っている。その人はスキー帽のような毛糸の帽子を被《かぶ》っていた。髪の毛と耳の半分がすっぽりと帽子の内側に収まり、男なのか女なのか性別は不明だった。視界の中心が凸レンズのように膨らんで拡大され、耳朶《みみたぶ》ばかりが大きく映っていた。その下の項《うなじ》は滑らかで、肌の色が異様に白い。

今にもチャイムが鳴らされるのではないかと由佳里は身構えた。突然の音ほどびっくりさせられるものはない。一秒、二秒、三秒……、じっと動かずにいた。ただドアの向こうに人が立っているというだけじゃないの、と自分に言い聞かす。いずれにせよ、たいしたことではない。にもかかわらず、なぜこうも鼓動が激しくなるのか……。

いつピンポーンと鳴るかと、その瞬間を待ち構える間、ドア一枚隔てた空間の静寂が痛いほどに際立つ。

由佳里は微動だにせず、ドアの一点に視線を集中させた。現実よりも時間が長く感じられる。一体、何秒が経過したかわからない。

もう一度、魚眼レンズに顔を近づけようとしてためらい、勇を鼓して目を当てると、見える範囲に人影はなかった。一旦目を離し、ごくりと唾《つば》を飲み込んでから、もう一度廊下を覗く。やはりだれもいない。魚眼レンズは、エレベーターホール全体を視野に入れている。隣家の前に隠れているのでなければ、人間はこの階から消えてしまったことになる。

由佳里はドアノブに手をかけた。今朝はまだ家の人間はだれひとり表に出てはいなかった。チェーンをそのままに、ドアを押してわずかな隙間を作ると、由佳里はそこから直に鼻先を突き出す。視覚、聴覚、嗅覚のすべてを研ぎ澄ませ、人の気配を探っても、何ひとつ感覚に引っ掛かってくるものがない。

ドアを戻し、チェーンをはずしてから、由佳里は大きくドアを開け放った。エレベーターホールには四つの電球が点《とも》り、狭い空間を照らしている。天井は低く、今朝に限って、圧迫感はひとしおだ。

片足を玄関の中に残したまま身体を伸ばし、左右に視線を巡らせた。人影はどこにもない。エレベーターの階数表示に動きはなく、一階に停止したままなのは一目瞭然《いちもくりようぜん》だった。階段を降りていく足音も聞こえない。

由佳里は何かだまされたような気がしていた。ついさっき、魚眼レンズの視界のほとんどは人間の横顔で占められていた。にもかかわらず、エレベーターは動いた気配もなく、階段を降りていく足音もない。隣の住人の横顔がたまたまレンズに映ったのだとすれば、隣家のドアが開閉される音が聞こえていいはずである。防音性の高いマンションではなかった。部屋の中にいても、同じフロアのドアが開閉される音はよく響く。

由佳里はどうしようかとためらった。両足にはしっかりサンダルが引っ掛かっている。このまま廊下に出て、エレベーターを呼び、一階に降りて新聞を取ってくれば、自分の役目は終わる。にもかかわらず、どうにも身体が動かない。さっき見た人間が、すぐ近くに潜んでいるという恐れがあった。隣家との間には柱の出っ張りがあり、陰には人間がひとり優に姿を隠すことができる。

自分が臆病《おくびょう》な人間であると、由佳里は十分に心得ている。部屋に戻って、母に事情を訴えるのは簡単だった。でも、母はたぶん今自分が味わっている感覚を理解してはくれない、絶対に。

「おい、何してる」

背後からの声に、由佳里は、びくんと身体を揺らせて振り返った。

立っていたのは父の和弘《かずひろ》だった。寝癖で髪はぼさぼさ、頬全体が無精髭《ぶしょうひげ》で覆われ、おまけにパジャマのボタンが互い違いにずれてだらしないことこの上ない。仕事が休みの土曜日はいつも昼過ぎまで寝ているところだが、トイレを我慢できなくなったのだろう。玄関のすぐ先がトイレだった。

由佳里は、ドアを押していた手を離し、父のもとに駆け寄ると、見たままの状況を説明した。

……新聞を取りに行こうとしたら、ドアの前に人がいる気配がし、魚眼レンズを覗くとそこには確かに人の横顔があった。にもかかわらず、ドアを開けるとだれもいなくなっていた。エレベーターは止まったままで、足音もなく……。

話し終わっても父の寝ぼけ顔に変化は現れなかった。

「あー」

と、あくび混じりの間の抜けた声を上げ、股間《こかん》を掻《か》いている。起き掛けで、思考力が滞っているに違いない。しかし、言葉の意味はしっかり頭に残ったらしく、和弘はおっとりとドアを開けて外に出て、サンダルの音をずるずると響かせて戻ってくるや、ドアを大きく開け放った。

「だれもいないよ」

当たり前である。だれもいないことなどとっくに確認済みだ。

苛立《いらだ》ちを覚えてもどう表現していいかわからず、由佳里は泣きそうに顔をしかめる。

「だから……」

無表情な父の後ろでドアが勢いよく閉まりかけ、彼は慌てて手を添えて押し戻す。あてがった手の先に視線を延ばすと、和弘は、一か所に狙いを定めて顔を近づけていった。和弘もまた強度の近視だったが、寝起きのために眼鏡をかけてなかった。

「なんじゃい、こりゃ」

外の壁にかかった表札に、眼球が触れんばかり顔を近づけながら、彼は言った。

由佳里は父の懐に身を滑り込ませ、父が見ている場所を見上げた。表札の余白の、NHKのシールが張られたすぐ横に、赤いマーカーでアルファベットがひとつ走り書きされてある。

「F」

これがマーキングの始まりだった。

2

目覚めたのが尿意のせいだとわかった瞬間、由佳里は軽い怒りを覚えた。今が何時頃かだいたいの予想はつく。窓を覆うカーテンと二段ベッドにかかるカーテン、二重の帳《とばり》によっても外の光が完全に遮断されることはない。夜が明けていれば、カーテンの模様を映して緑っぽい薄日に包まれているはずである。それが真っ暗ということは、深夜の三時、よくて四時頃だろうと知れた。

枕許《まくらもと》の時計を顔にかざして針を読むと、予想通り四時五分前だった。起きるには早すぎるし、再び眠るためには尿意を処理する必要がある。どうしようかと悩んでいる余裕などなかった。今日の三時間目は体育の授業が入っている。睡眠不足で身体を動かせば、先週のように吐き気を催しかねない。先週はどうにか堪《こら》えることができたけれど、もしクラスメートたちの前で胃の中のものを戻していたらと、考えただけで心臓が収縮する。

そっとカーテンを開けてから呼吸を整えた。行くしかなかった。尿意をこらえたまま寝るなんてとても不可能。

静かにはしごを降りていく途中、毛布の先から出た父の足が二本見えた。二段ベッドの上の段を由佳里が使い、下の段を父が使っている。本当は弟の翔太が寝るべき場所であるが、いつの間にか弟と父は陣地を入れ替えていた。翔太が寝ているのは右隣の寝室で、そこにはセミダブルのベッドが隙間なくふたつ並んでいる。セミダブルのベッドから父が追い出されて二段ベッドにやって来たのか、父のほうが逃げてきて翔太が母の隣の空いたスペースに潜り込んだのか、どちらともつかぬほど移行はスムーズに行われた。ただ、きっかけが何であったかは簡単に分析することができる。一年半前に母の母が転がり込んで来た結果の玉突き現象とも呼べるものだ。リビングルームに面して六畳のベッドルームが三つ並ぶ間取りで、どの部屋にも窓があり、四階からの風景はひらけて風通しもいい。本来なら姉と弟にそれぞれ個室が与えられる予定が、祖母のおかげで狂ってしまった。

祖母は今、左隣の部屋で寝ているはずだった。

祖母は存在を消す術《すべ》を心得ている……、由佳里にはそんなふうに思えることがある。いないと思ってドアを開けるとすぐ前に立っていたり、独り言が聞こえたような気がしたのに部屋の中が空だったりするのだ。

由佳里が友人を家に呼べないのは、祖母に個室を占領されたせいだった。弟と共有の部屋には、壁際に二段ベッドがしつらえられ、さらに片隅を弟の机が占領して、狭いことこの上ない。何の説明もなければ、友人たちは弟が二段ベッドに寝ていると思うだろう。でも、夜になると弟は母の部屋に移動し、代わりに父がやって来て寝転がる。真相がバレ、下の段に寝るのが父であると友人たちに知れたら、恥ずかしくていられなくなる。翔太は鈍感なところがあって、母の部屋で寝ていることを来る客に平気で吹聴《ふいちょう》する恐れがあった。だから、由佳里は迂闊《うかつ》には友人を家に呼ぶことができないでいる。いや、それ以前に、呼ぶべき友人もあまりいなかったけれど……。

床に足をつけ、暗い中で足下を確認してから、由佳里はベッドルームを斜めに横切っていった。下の段にカーテンはなく、枕を抱いて横たわる父の寝姿が、闇の中にぼうっと浮かび上がっている。今日は寝息程度のいびきだったが、ひどいときは眠れないほど喧《やかま》しい。

リビングに出てドアを閉めても父の寝息はちゃんと聞こえた。深夜で周りが静まっていることもあるが、もともと遮音性の高くないマンションである。勉強していてリビングの話し声が聞こえることなんてしょっちゅうだ。

半年ばかり前、母が近所に住む友人を招いてお茶の会を開いたときも、会話はほとんどまる聞こえだった。客たちの話題が子どものほうに振れ、男の子と女の子がそれぞれ両親のどちらに似ているかという議論になったとき、母は急に声を潜めて、

「うちの子って、ちょっと顔ヘンじゃない」

と、皆に同意を求めたのは、今でも忘れられない。うちの子、といってもこの場合、翔太のことではない。間違いなく自分を指すのだと、由佳里にはわかり切っている。母は、翔太は美人の母親に似てハンサム、由佳里は父親似で、ちょっとヘンな顔をしている、要するに美人じゃないと嘆いているのだ。

「あなた、女の子なのだから、もっと愛想よく、明るく振るまったらどうよ」

母からあからさまな注意を受けることはよくあった。でも、明るく振るまえと言われて、その通りできるものではない。心も身体の動きもぎくしゃくするだけだ。普段

からの母の一言一言が、心に刺さり、外と内とを隔てる幕が厚くなっていくということがわからないのだろうかと、由佳里は悔しくなる。

陰口をたたかれるのは由佳里だけではなかった。母と祖母がテーブルを挟んでお茶を飲むとき、話題が父の仕事に及ぶことがあった。

「あれはダメだ」

溜《た》め息と共にぴしゃりと断定する言い方が、母の口から出たのか、祖母の口から出たのか、二十五という歳の開きがあっても声の質がよく似ていて、由佳里は咄嗟《とっさ》に判断できないことが多い。おまけにふたりの言い分はほぼ似たようなものだ。ダメというたった二文字で父の全存在を片付けようとする。中小企業の係長に甘んじて仕事への覇気はなく、不釣り合いに美人の妻をパート仕事に追いやっている。おまけに資金もないくせに株価の上がり下がりを必死で追い、趣味のプラモデル作りに無駄な時間を費やして、家のことにはまるで関心を示さない。祖母が先祖代々の土地を売却して同居しなければ、住宅ローンの返済もままならなかったと断じ、甲斐性《かいしょう》無しと結婚した身の不幸をふたりで嘆くのだ。

由佳里は父の特技に一目置くところがあった。どこからともなく手に入れてくるプラモデルを器用に組み立てて、完成品は由佳里が作るのと比ぶべくもなく美しい。背筋を丸めて弟の机にかじりつき、ラッカーを塗ったりする姿が可愛くもある。プラモデルを作る過程を由佳里が間近で眺めていたりすると、父は、ニスの染み込んだ指先を由佳里の鼻に当て、こっそりとこんなことを言ったりもする。

「由佳里、待ってろ。いつか、一旗揚げてやるからな」

一旗揚げるのがどういう意味なのかわからなかった。意味がわかったとしても、どうやって一旗揚げるつもりなのか、予想もつかなかったに違いない。でも、母や祖母からダメという烙印《らくいん》を押されている父でも、心に秘めたものがあるという手応《てごた》えだけは知ることができた。

二週間前、父が取った行動も的を射たもののように思われる。玄関先の表札に、赤いマーカーで書かれたアルファベットを発見したとき、父は、すぐにマンション中を走り回って、同じしるしが他の家にもつけられてないかどうかを確認したのだ。近ごろの窃盗団や詐欺集団が、空き巣に入りやすい家、商品を買いそうな家を、事前に調べてマーキングし、その後の仕事を楽にするという話はテレビのワイドショーで紹介されて、家の者はみな知っていた。父も母も、これがマーキングかもしれないという直感をほぼ同時に得ていた。父の取った行動は、このマークの意味を知るためのものだ。自分の家に記されたアルファベットの意味を知るためには、他の家と比較する必要がある。だから彼は、階段を昇り降りして、各戸の表札を調べた。

父が調べた限りにおいて、マーキングがあったのはわが家だけだった。しかもなぜ

「F」という文字なのか……、この点、父は相当に頭を悩ませた。

たとえば「S」はシニアを表して老人ばかりの家庭であることを表現し、「S」はシングルでひとり暮らし、「M」は男、「L」や「W」は女を意味する。数字の記載は、家族の数や、留守にする時間帯を示すと言われている。では、一体「F」は何なのか……。

意味を把握するのは、重要なことである。もしこれが窃盗団のマーキングだとしたら、彼らがこの家にどんな評価を下したのか、興味あるところである。隙があるとしたら一体どこにあるのか、弱点を把握することはそのまま防御に繋《つな》がる。

父はいくつもの疑問を列挙した。

……なぜ、うちだけなのか。

……なぜ、「F」なのか。

……なぜ、表札の余白に目立つ赤で書き込んだのか。

執拗《しつよう》なほど熱心に、マーキングの実態調査に乗り出し、データを収集して意味の解釈に努めたのは、家族を守ろうとする意志の表れであったような気がする。だが、母と祖母は父の行動に理解を示さなかった。

……子どものいたずらじゃない。

母の解釈はそれで終わっていた。赤い文字が子どもっぽいという理由からだ。

トイレの明かりをつけてからドアを引くと、壁に縦長の帯ができた。闇の中に差す光は、廊下だけでなくその先の玄関まで薄く照らす。ドアの中ほどで魚眼レンズが銀色の鈍い光を放ったように感じられた。

二週間前の朝、そこから覗《のぞ》いて得られた光景を、由佳里ははっきりと覚えている。映像を脳裏に抱えたままトイレの便座に座り、放尿を終え、水を流した。手を洗ってタオルで拭《ふ》く間にも、背中の悪寒が激しくなっていった。

魚眼レンズの視界を占めていた人間の横顔が、瞼《まぶた》の裏に浮かんでいる。スキー帽を目深に被《かぶ》り、見えたのは耳朶《みみたぶ》と項《うなじ》だけ。帽子の中にたくし込まれているせいか、髪の毛は一本も見えず、不気味な印象を与えていた。

想像の中だけに横顔には現実以上の生々しさがあった。拭《ぬぐ》おうとすれば、より強固にイメージが固着していく。

便器を洗う水は激しく渦を巻いて下水管に消え、後には貯水タンクに落ちる水音が小さく続いた。

トイレのドアを閉め、明かりを消そうとして、由佳里はためらった。トイレの明かりが唯一のものだ。消せば、真っ暗になる。かといって点《つ》けっ放しにしておけば母に叱られる。早くベッドに戻りたくもあった。つまらないことで迷っている場合ではない。

そうこうしているうちに、水音はさらに小さくなり、代わって、衣擦《きぬず》れの音がどこからともなく耳に忍び寄ってきた。

見まいとしても、由佳里は抵抗できなかった。玄関のドアの向こうで空気の動く気配があった。二週間前の朝に感じたのと同じ類《たぐ》いのもの。キュッキュとマジックインキの先端が押しつけられている。

黒いドアを透かして人間の影が見えるようだった。やはり二週間前と同じ人影……。スキー帽を被り、横を向いている。手に握られているのは赤の顔料マーカー。映像は以前よりもはっきりと脳裏に焼き付いてくる。

すぐにチェックしたのは戸締まりの状態だった。内側からロックされ、チェーンもかけられている。外から開けられる心配はない。でも、今、外にいる者にとっては、カギもチェーンも無意味なんじゃないかと、由佳里は思う。

わざと音をたててトイレのドアを閉め、明かりを消すのも忘れて、部屋に走っていた。家族が目覚めるのを気にかける余裕はなく、はしごを駆け登って布団を頭から被ると、父が寝返りを打つ音が聞こえた。やはり目を覚まさせてしまったようだ。

眠ろうとしても眠れなかった。玄関先で感じた人の気配は現実なのか空想なのか、布団にもぐって身体を震わせていると、あれは間違いなく現実だったという思いが徐々に高まってくる。

家の中が覗かれているのだ。そうして意味不明の評価が下され、見える場所に記号がしるされる。見られ、観察され、評価され、ランクづけされる……。一体だれが……。足音もなく遠ざかっていく影のような存在によって見張られている。

寒いわけではないが、身体の震えは治まらない。あと二時間か三時間、まんじりともしないでこの夜を過ごすことになる。夜明けが来るのを、これほど待ち望んだことはなかった。

樹林をデザインした柄のカーテンが徐々に光を孕《はら》んで、淡い緑色で包まれ始めた頃、安心したためか、由佳里の意識はほんの一瞬遠のきかけた。睡魔の手に落ちていこうとして、すぐに現実に引き戻されることになったのは、遠く夢の中から母の声が響いてきたからだ。

「あー、またこんなところに」

驚きと怒りを含んだ声だった。母は今、玄関先に立って、何かを発見したようだ。

由佳里は一瞬で事情を悟っていた。

……やっぱり、あの人、また来たんだ。

3

二度目のマーキングも、一度目のときと同様、表札の余白に赤いマジックで書き込まれていた。

母は見つけるやいなや、怒りも露《あらわ》に指の先に唾《つば》をつけて文字をつぶし、あとに残った赤い染みを濡《ぬ》れ雑巾《ぞうきん》で擦《こす》って、これを完全に消し去った。

二度目のマーキングがあったことを父が知ったのは、しばらくあとのことで、最初に返した反応は、

「で、何て書かれてあったの」

という質問だった。父の興味は、記号が意味する内容を読み解くことに集中している。

「そんなこと知らないわよ。気持ち悪いからすぐ消しちゃった」

素っ気なく言う母の顔に、父は黙って悲しげな視線を投げかけた。自分がこれほど興味あることに対して、なぜこの人は無頓着《むとんちゃく》なのだろうかと、価値観の差を今さらながら思い知らされたかのように。

母は視線に促されて、短く吐き出した。

「たぶん、Aよ」

すぐ消したとしても、アルファベットの一文字くらい覚えているに決まっている。

「たぶん……」

父が確認すると、母は癇癪《かんしゃく》を破裂させた。

「Aだってば。間違いないわ。でも、そんなことどうだっていいでしょ。こんなマンションを出て、もっと広いところに移り住みたいんですけどね、あたしは。ああ、それも夢物語か」

怒りの矛先が自分に向かうのを察知して、父は、

「Fの次はAか」

などと呟《つぶや》きながら、新聞を手にトイレに籠《こも》ったのだった。

二回だけでは終わらず、三回目が訪れた。六月に入ってすぐの、梅雨入りをほのめかす雨の日のこと、学校から帰ってエレベーターを降り、濡れた傘を左手に持ち替えようとして、由佳里は同じ場所に赤いマークが書かれているのを発見した。

……ああ、また。

由佳里は眠れぬ夜を過ごして迎えた朝を思い出し、即座に全身が総毛立つのを感じたが、恐怖を味わう暇もなかった。突如、家の中がどやどやとしたかと思うとドアが

大きく開けられ、額を角にぶつけそうになったからだ。

家から飛び出してきたのは、母と弟だった。ふたりは、そこに由佳里が立っているとは思いも寄らず、びっくりして大袈裟《おおげさ》な叫び声を上げ、同じ仕草で胸に手を当てた。弟の手にはポラロイドカメラのストラップが引っ掛かっている。

興奮はすぐ怒りに変わり、

「脅かさないでよ」

と、母は由佳里に食ってかかり、手を上げてひっぱたく振りをする。額の先をドアの縁がかすめていったのだから、驚いたのは由佳里のほうだ。当たっていれば、買ってもらったばかりの眼鏡が割れていたに違いない。

由佳里は首をすくめながら、表札を指差した。母は表札には目もくれず、

「さ、早く」

と、翔太を促す。背中を押されて前に出た翔太は、表札に向かってポラロイドカメラを構え、シャッターを押した。フラッシュが焚《た》かれ、由佳里の見ている目の前で、赤い「t」の字が白く光った。

母と弟は、由佳里よりも先にマーキングを発見し、今度ばかりは消す前に証拠を確保しようと、写真撮影のアイデアを思いついたようだ。

三回のマーキングによって記されたアルファベットを順に並べると意味のある英単語になる。

「Ｆａｔ」

「太った」という形容詞だ。

意味を知ると、近ごろ脂肪がついてきたと愚痴ってばかりいる母は、いたずら説を主張して、犯人捜しに躍起になった。家族の中で太っているのは母と祖母だけである。自分たちのことが中傷されたと思い込んだようである。

母が確信したのは、マーキングした犯人は身近なところにいるということ。ひょっとしたら犯人は家族のだれかかもしれない。

母がまず疑ったのは父だった。太った妻を揶揄《やゆ》し、笑い物にするため、手の込んだ芝居に打って出た。二回目に書かれたアルファベットが何であったか、執拗《しつよう》に母に問い質《ただ》したのはそのせいだ。単語の真ん中が抜け落ちていたのでは、Ｆａｔという単語が形成されるはずもなく、せっかくの苦労が水泡に帰してしまう。是が非でも、真ん中の文字がａであったことを母に認識させねばならなかったという理屈である。

「甲斐性《かいしょう》もないくせに、下らない遊びに興じてばかりいて」

そう咎《とが》められ、ヒステリーの洗礼を浴びせかけられそうになると、父は、弁解ひとつするでもなく、ジャケットを羽織って家から出ていった。ただ一言、だれにともな

く、

「勘弁してくれよ」

と呟きながら……。

父が犯人でないことぐらい由佳里は重々心得ている。一度は、はっきりと犯人がマーキングしている現場を見たのだ。魚眼レンズからの光景で白くぼやけていたけれど、スキー帽を被《かぶ》った横顔は忘れようもなく脳裏に刻印されている。

癇癪の的にならないように注意して、たどたどしくそのことを訴えると、母は、次々に新説を披露していった。

エレベーターホールに乾《ほ》しておいた傘がなくなったのを、翔太が持っていったのではないかと言い掛かりをつけてきた隣家の主婦が怪しい。隣に住んでいれば、マーキングぐらい簡単にできる。

上の階の騒音は下の階の天井に伝わり、トラブルのもとだ。体重のある人間は特に足音が下に大きく響く。下の階の住人が、言外に「もっと静かに歩け」という意味を込め、「デブ」と罵倒《ばとう》してきた。

果ては、最近の父の行動には怪しいところがある。ついさっきもぷいとふて腐れ、行き先も告げずに外に出てしまった。きっとよそに女がいるに違いない。その女が嫌がらせをしてきたのかもしれない。

聞いているだけでばからしくなるほどの愚説をつらつらと並べる母に、由佳里は心底から呆《あき》れてしまった。

父の愛人が犯人という説には特に笑ってしまう。

……愛人のひとりふたり、持てるもんなら持ってみなさいよ。

普段から言っていることに矛盾すると気付かないのだろうか。

しかし、母の怒りは底の浅いものであったらしく、さんざん喋《しやべ》ってストレスを発散すると、マーキングのことなどころりと忘れ、翔太と一緒にビデオを見て、屈託のない笑い声を上げたのだった。

家の中を流れる空気が方向を変えてしまったような、心許《こころもと》無い手触りを、由佳里はこのとき初めて意識したように思う。何があっても母はあまり変わらない。しかし、マーキングを境にして、父には変化が現れた。プラモデルを作る頻度は減り、その代わりに本を読み、ひとりでじっと考え込むことが多くなった。心に秘めた思いをうっかり由佳里の前で表出したりすると、「へへへ」と照れ笑いして普段のだらしなさでカバーしようとする。深刻からひょうきんへと変化するときにできる間は、後者が演技であると明かすようなものだ。悩みが何であるにせよ、同じ境遇に置かれている同志として、由佳里は密《ひそ》かに父を応援していた。いつまでも二段ベッドの下段でくすぶっていてほしくはない。

四回目のマーキングがなされたとき、父には演技する余裕も与えられなかった。深刻な表情で黙り込み、由佳里が顔を覗《のぞ》き込んでも、おどけるでもなく無口を通す。

母と翔太はまたもポラロイドカメラを持ち出して、四個目のアルファベットを記録に残した。

「ｅ」

これでＦａｔは立場をなくし、新たな意味が生まれたことになる。

「Ｆａｔｅ」

「運命、宿命」という意味の名詞だが、それ以外にも死や破滅を指す場合もある。しかし、大文字から始まるＦａｔｅには、もっと強い、神の意志のようなものを感じる。

大きな変革が為《な》されそうな予感があった。

予感は的中し、一週間後、父は姿を消してしまった。行き先も理由も告げず、ただ由佳里にだけ伝言を残して。

破り取られたメモ用紙に、下手な字でこう走り書きがあった。

「自分の人生を生きろ」

娘へのアドバイスというより、自分自身の覚悟のほどを宣言し、鼓舞するような文句である。

4

何度見ても飽きない風景というものがある。由佳里の場合のそれは、イルミネーションを纏《まと》った夜の東京タワーだ。

いつか東京タワーが見える場所で暮らしたいとずっと思い続けてきた。奥の和室に通され、窓の外の風景に触れた瞬間、由佳里は、この家の主《あるじ》はまがうかたなく自分の父であることを悟った。生まれてから十年間を共に暮らすうち、同じ憧《あこが》れを持つに至ったのだと思い知らされた。

住所こそ港区東麻布《ひがしあざぶ》であったが、木造モルタル塗りの古いアパートで、窓際からバルコニーが張り出すという造りだった。その向こうには上下の欠けた東京タワーがでんと構えていた。今は明るい午後、イルミネーションの輝きはない。でも、夜になれば美しく光を着飾るはずだ。

父と会うのは実に十八年振りである。家を飛び出していったときは四十歳目前という年齢だった。今は六十間近であろうが、誕生日を忘れたせいではっきりと言い当てることができない。

父は、以前よりも小さくなっていた。背中を丸めてちゃぶ台の前に座り、大きな湯飲みで茶をすすっている。両国国技館に相撲見物に出かけてもらってきたという湯飲みには、力士の絵がついている。

熱そうに湯気をたてるお茶に、由佳里はまだ手を伸ばしていなかった。

十八年の歳月は、ふたりの間によそよそしさの壁を作るに十分な長さだ。最初のうち、茶をすする音のみが響いて、言葉は少なめだった。

「翔太はどうしてる」

父は、弟の近況をそれとなく尋ねた。

「結婚してママと一緒に暮らしているわ」

生まれたばかりの子どもの世話を母に任せ、夫婦共働きをしている弟一家の暮らしぶりを話すと、父は、苦笑いを漏らす。

「あいつは、ママのペットだったもんなあ」

由佳里は、自分の境遇を訊《き》かれる前に先手を打った。

「父さんこそ、どうなのよ」

昨日、電話で話したとき、離婚して三歳の息子とふたりで暮らしていると説明してあったが、離婚の理由など詳しく訊かれたところで自分でも説明ができない。可もなく不可もなく、借金もなく愛人もない夫だったが、一緒にいたくないという気持ちが募った心理を、どう説明したところでうまく伝わらないような気がする。

「どうなのよって、おまえ、ごらんのとおりだ」

父は両手を広げ、寂しげに顔を歪《ゆが》ませて「ひとりになっちまったよ」と続けた。

どこで住所を調べ上げたのか、一昨日《おととい》届いた手紙には、十八年に及ぶ父の生活の軌跡が、ごく簡単に記されていた。

家を出て、好きな女と暮らし、男の子をひとりもうけ、子どもと妻をあいついで病気で失い、とうとうひとりになってしまった……。手紙は、身から出た錆《さび》という文句で結ばれていた。

「どうして家を出たの」

由佳里の口調は穏やかだった。ただ、蒸発した理由が知りたいだけだ。

面と向かって訊かれ、父は戸惑った表情を見せる。

「一緒に暮らしたい女がいたんだ」

非難しているのではないという意味を込め、由佳里はわざと笑顔を作った。それどころか、愛人ひとり持てない甲斐性《かいしょう》無しと罵《ののし》られていたにもかかわらず、ちゃっかりよそに女を作っていた父に、ささやかな喝采《かっさい》を送りたくなる。昨年、くも膜下出血で亡くなったというその女性の顔を、由佳里は知らなかった。会うどころか、写真を見たことすらない。たぶん、母とはタイプの異なる、のんびりとした優しい女性のような気がする。

「でも、なにも蒸発すること、なかったじゃない」

よそに好きな女ができたとしても、突然姿を消すことはないだろうと、由佳里は、睨《にら》みつける真似をした。

「母さんの性格は知ってるだろう。こっちから離婚を切り出しても承諾するはずないじゃないか。またできたとしても、慰謝料やら養育費やらでこっちの生活はままならない。正攻法は無理。仕事を含め、それまでの人生をぜんぶ清算するほかなかったのさ。おまえたちには本当にすまないと思っている」

正座して頭を下げる父を責めるつもりはなかった。密かに応援していた手前、共犯関係にあるようなものだ。

「仕事は何をしてたの」

「いろいろやったさ。タクシーの運転手から始め、ラーメン屋の屋台を引いたこともあれば、装飾品の店を経営したこともある。一時はすごく羽振りがよかったんだぜ。ベンツだって所有してたくらいなんだ」

「でも、あんな大胆な行動に出るとは、思いも寄らなかったわ」

父は茶を一口すすってから、天井を見上げた。

「マーキングがあったこと、覚えているかい」

忘れるはずがない。魚眼レンズの中で見た人間の横顔は、今も脳裏に残っている。

「もちろん」

「あれは不思議なできごとだった。Ｆから始まって、ａｔとアルファベットがつながっていくのを見て、これは自分に対するサインなのではないかと思えてきた。当時、父さんは、へそくりを運用して、こっそり株の売買に手を染めていたんだ。しかもちょうど、勝負をかけて店頭登録株を買おうかどうしようかと悩んでる最中だった。フェイス製薬という会社が新薬の開発に成功したという情報をたまたま入手したんでな。一攫《いっかく》千金を狙うか、地道に元手を増やすか……。ちょうどそんなときに、あのマーキングだ。Ｆａ……ときやがった。フェイス製薬のスペルはＦａｉｔｈ、信頼という意味だ。買えと、命令されているような気分になり、全額を投資に回したところこれが大当り。元手はあっという間に四倍に膨らんだ。これで家を出るための資金はできたってわけだ。でもマーキングは結局Ｆａｉｔｈにはならず、Ｆａｔｅへと落ち着いていく。運命。おのれの運命をまっとうせよ、今度はそうハッパをかけられているに決まっている。だから、父さんは、意を決して家を出た。自分の人生を生きるために」

「えっ」

　由佳里は言いかけてためらった。父は、五つ目のマーキングとしてｒがあったのを知らないのだ。しかも、本当は三つ目と四つ目の間にｈが挟まれていたのだが、弟が間違って消してしまった。そのあとで、「写真に撮れなくなったじゃない」と母から叱責《しっせき》されるのを嫌って、姉弟《きょうだい》だけの秘密にしてほしいと頼まれたのだ。

十八年前の四月から七月にかけて書き込まれたマーキングは、結局のところＦａｔｈｅｒという単語を形成して終わっていた。辞書を引いてもＦａｔｅｒなどという単語はどこにも載っていない。

父には言わないほうがいい。彼は、「運命」という言葉に導かれて、人生の方向を転換したのだと思い込んでいる。スペルミスであったと知れば、半生を無駄にしたような気がするに違いない。父には、自分の人生をまっとうしたのだと思い込んでいてほしい。

「子どもを亡くすっていうのは、そりゃ、おまえ、辛《つら》いもんだよなあ」

後悔を顔に浮かべて、そんな台詞《せりふ》がぽろりと出たりすると、自分が選んだ道に父が満足しているのかどうか、怪しくなってくる。

父の新しい家族のひとり息子、由佳里にとっての異母弟は十一歳という若さで若年性の癌にかかり、三年前に亡くなっている。妻のくも膜下出血も息子の看病からくるストレスが原因になっているという見解である。

「名前なんていうの」

父の妻と同様、由佳里は異母弟に関する情報を全く持っていなかった。

「そうだ。写真でも見るかい」

父は、由佳里の質問に答えず、這《は》って仏壇のところまで行くと、引き戸を開けてアルバムを出してきた。

由佳里は父からアルバムを受け取ると、パラパラとめくり始めた。自分があずかり知らないところで展開した一家の物語が、年代順に納められている。父の妻は小太りで背が低く、由佳里が思った通り、人のよさそうな顔をしている。異母弟はその母にそっくりの丸顔で、愛嬌《あいきょう》があった。しかし、そんな彼に変化が現れたのは、小学校五年の秋頃だ。癌発病にともなって入院生活が多くなり、ふっくらとした肉付きを失うと同時に、皮膚の色つやと髪の毛をも失った。化学療法による影響と思われる。

ページをめくり、その一枚が目に飛び込んできたとき、由佳里は、驚きのあまりアルバムを落としそうになった。

写真の中、異母弟はパジャマを着て病室のベッドに座り、なぜか横を向いている。手には赤のマーカーを握り、伸ばした腕の先にはホワイトボードがあった。毛の抜けた頭をカバーするためか、スキー帽を被《かぶ》り、耳朶《みみたぶ》の下半分が下からのぞいている。おまけに、長い闘病生活のせいか項《うなじ》のあたりが異様に白い。

由佳里は目を閉じ、

「ああっ」

と、大きく息を吐き出した。

十八年前、魚眼レンズの中に見た人間を、ここにようやく捜し当てることができた。マーキングの意味も明らかになった。

十一歳で死ぬとわかっていても、この子は生まれてきたかったに違いない。だから夜な夜なドアの前に立って、未来の父に呼び掛けた。その存在を自分のほうに一歩また一歩と引き寄せるために……。

由佳里はしばらくの間言葉をなくしていた。十八年前に住んでいたマンションは、老朽化が進んで打ち壊され、今は新しいマンションが建っている。突如懐かしく、部屋の様子が目に浮かぶ。

父の心配そうな顔が目の前にあった。由佳里の心の中で何が起こっているのだろうと、父は顔を覗《のぞ》き込んでくる。人差し指を鼻の頭に当てる仕草は、昔のままだ。

この人が死を迎えるまで、一緒に暮らしてあげてもいい……、由佳里の気持ちはそんなふうに傾きかけていた。母子家庭で経済的余裕はなく、住んでいる部屋は狭い。三人が寝るスペースさえ取れないかもしれない。ああ、でもどうにかなる、と由佳里は思い直す。いざとなれば、壁際に二段ベッドを置けばいいのだから。

檜《ひのき》

1

ターミナル駅前にある単館ロードショー館に映画を観に行こうと言い出したのは、栗田《くりた》しのぶの方だった。

その地味な作品を選んだ理由は、「わたしの友人が出ているから」という本当か嘘かわからないものであり、名波啓二《ななみけいじ》は友人である女優の登場と、彼女の美醜を見極めてやろうという興味だけでスクリーンを見つめていた。

制作費を抑えたインディペンデント系で物語の展開があるわけでもなく、はっきり言ってつまらない。シュールレアリスムを気取っているに違いないが、感じるのは時代遅れの感性だけだ。意味不明と思われるシーンに込められているメタファーを理解できるのはたぶん監督だけである。しのぶの友人が出てくるという興味がなければ、絶対に見るはずのない映画だった。

名波はほんの数分で映画の青臭さを嗅《か》ぎ取り、ばかにしきった視線をだらしなくスクリーンに投げ、脚を組んだり伸ばしたりし始めた。しのぶの友人がとびきりの美人だったら紹介してもらおうと、興味はそっちのほうにばかり飛んでしまう。

最初のうち、カフェ・バーの中だけで物語は進んでいった。映画の主役は酒場のマスターである。カウンターの内側に立って酒やコーヒーを給仕するマスターのところに、様々な客がやって来る。場所柄を無視してエプロン姿の主婦たちが来たかと思えば、夫に先立たれた老婦人がひとりで現れたり、陰気なＯＬがふたり連れでカウンターの前に座ったりする。袈裟《けさ》を着た坊主が来ることもあった。

彼らは、マスターと会話を交わすのだが、前後の脈絡を欠いているため、話の本流とは何も絡まってこない。要するに無駄話のオンパレード。そこに、時代遅れの服装をしたカップルが現れる。男性のほうは特攻隊の飛行服、女性のほうはモンペ姿といった具合で、観ているほうはおちょくられている気分になってくる。ふたりは仲良く手を繋《つな》ぎ、弾《はじ》けんばかりの笑顔でバーに入ってくるのだが、場違いに鳴り響いた鐘の音をきっかけに顔を引きつらせ、唐突に廃墟《はいきょ》の話をし出すのだった。

モンペ姿の女性の回想という形で、廃墟のシーンがカットバックされていった。瞬間的に切り替わるというのではなく、ひとつのシーンに二、三分をかけるゆったりとしたカメラワークだ。

一番目の廃墟は海からのアプローチによって画面に登場してきた。

岩壁を削ってできた、百メートルはあるかと思われる道を上り切ると、吹きさらしの平坦な土地に至り、そこには住居跡がぽつぽっと点在している。ほとんどは木造家屋だが、中にはコンクリート製のものもある。

カメラがさらに先に進み、荒々しい海が現れて初めて、見ている者はそこが島であることを知る。島民が離島したためにかつての集落が廃墟と化してしまったのだろう。それにしても島の小ささたるや、想像を絶している。集落の周囲にある田や畑は全島民を養う穀物を栽培するには小さ過ぎ、岩壁の下にはまともな船着き場もなく、生活する上での往時の過酷さを物語ってあまりある。モノクロでもはっきりわかるほどに日差しは強く、太陽の光りは島の廃墟にじりじりと容赦なく降り注いでいる。風と日差し、両者を遮るものはなく、自然の猛威の前に、廃墟は無防備に晒《さら》されている。

こんな小さな島に数十人規模の集落があったとして、一体どうやって生活していたのかと、名波はスクリーンに引きつけられていった。

二番目の廃墟は、一瞬の暗転の後、闇の中から徐々に浮かび上がってくるという演出で、現れてきた。おそらく、明暗のコントラストを意図しているに違いない。闇に薄日が射して廃墟の全体像がぼんやり見えかかると、名波は、

「あっ」

と、声を上げていた。思わず口に手を当て、隣に座るしのぶを見やるのだが、彼女は何の反応も返さない。

意識は一瞬で幼い頃に持っていかれ、ここ十年以上思い出したことのない光景が頭に広がった。困ったことに、どう手を尽くしても、一旦《いったん》展開された世界はますますリアリティを濃くし、輪郭をはっきりさせていく。尻《しり》を動かしてもシートの硬さが感じられず、組んだ脚を伸ばそうとしても空間の狭さが迫ってこない。隣の席に座っているはずのしのぶの存在が遠のき、自分の身体もまたスクリーンに吸い込まれていくようだった。

彼の意識が漂うのは深い森の中だった。鬱蒼《うっそう》と茂る木々を抜けると視界が開け、天を突いて伸び上がる檜にぶつかった。集落の守り神のごとくそびえる檜は、眺めているうちに倒れかかってきそうな威圧感をもたらした。幼児の目に圧迫は重苦しく、架空の風景とわかっていて、名波は激しい動悸《どうき》を覚えた。肉体を欠いた意識にもかかわらず、歩を進めるごとに、厚く積もった腐葉土に足が沈み込む感覚を覚える。日が当たらないせいで葉は湿り、足下がふわふわとおぼつかない。柔らかな土の感触を足の裏がしっかり覚えているのだ。

生まれてからこの地で何年過ごしたのだろう。おそらく二年か三年、長くて五年だ。幼稚園の年長組のとき、既に都会に出てきていた。短い期間であっても、細胞の隅々まであの頃の記憶は行き渡っている。

幼稚園に上がる以前の幼い頃、今は廃墟となってしまったこの集落に住んでいたという確信は、揺るぎないものになりつつあった。

名波は口を半開きにしたまま、その先のシーンに目を凝らした。

森の獣道を揺れながら進んだ先にあったのは、朽ち果てた家屋の群れだ。人が住まなくなって三、四十年は経っているに違いない。ある家は崩れて柱の跡のみが地面に残り、またある家は生活の品々を残しながら畳に座椅子の背をめり込ませていたりする。

カメラの焦点に自分の目を合致させ、山の斜面に点在する古びた家々を舐《な》め回した。暗い館内で目を凝らし、瞳孔《どうこう》が開いていくのをはっきりと感じることができた。

自然にそうなったものなのか、それとも故意に為《な》されたものなのか、板の切れ端や朽ちた柱がところどころ地面から顔を出している。名波は卒塔婆《そとば》を連想していた。板に付着した黒い模様が、角度によって戒名のように見えた。

映像に効果音はついていなかったが、ざわざわと木々のざわめく音が無意識の底から響いてきた。

靄《もや》が晴れ、その隙間から光りの筋が現れ、真実を囁《ささや》きかけてくる。

……間違いない。生まれてから数年間、自分はこの集落で暮らしていた。

山の斜面に敷設された石段の上に立って俯瞰《ふかん》すれば、家々の屋根は遠近法を伴って谷の底に飲み込まれていく。家はほぼ同じ規模の平屋建てで、石段の両側に規則的に並んでいた。集落全体は日差しを遮るほどの木々で覆われて暗く、この独特の景観が他のどこかにあるとは思えない。名波にとっては、子どもの頃に見慣れた光景だった。

今、この瞬間、がさがさと庭の下草を踏み分けて背後から父が現れ、

「おい、どこに、いるだ」

と肩に手を置かれたとしても、ごく自然に受け止めることができる。

「とうちゃん、やめて」

何度上半身をよじって、手の圧力から逃れようとしたことか。

父の手は黒く、乾燥して皮膚がささくれだっていた。しかもいつも泥だらけ。肩に乗せられた手の重みは、愛《いと》しさよりも何より、下半身を震わすほどのおぞけをもたらす。父の腕力は幼児にとって強すぎた。

腰を前に出し、座席の背もたれが肩に触れただけで、名波は、上半身をびくんとのけぞらせ、天井を見上げるかっこうとなった。目に入ってきたのは、天井一面を覆う檜《ひのき》の枝。幾重にも重なって空を閉ざし、わずかな隙間が作る明かりが、劇場の照明のようにも見える。

これもまたなじみの光景だった。夏のある日、隣家のふみちゃんと、幹の回りが数メートルもある巨樹を囲んで缶けりをやっていたら、急に雨が降ってきたことがあった。枝葉に雨滴を遮られ気付くのが遅くなったが、麓《ふもと》にある滝の音にザーッという雨

音が重なり、葉にたまった水がぼたぼたと大きな滴となって落下して初めて、雨がきたのを知った。

樹液のような水の塊を避け、ふみちゃんと幹により添って空を見上げた。雲は速く流れていた。雨は長く続かない……、それともこれからもっと激しい雨をもたらすのか、どちらともとれる雲の動きであった。

2

映画館のある通りを奥に行くと、そこは有名なラブホテル街。夕暮れの中に原色のネオンが瞬いていた。

名波は裸の肩をしのぶの胸と触れ合わせるかっこうで、部屋の中央を占める円形ベッドの上、仰向《あおむ》けに身体を横たえた。部屋の天井は高く贅沢《ぜいたく》な作りだった。閉所恐怖症の彼にとって、この高い天井は有り難かった。特に横からの圧迫に弱く、ベッド脇から迫る紫のビロードで覆われた壁を見つめるだけで、名波は息苦しくなってくる。

天井の上の、屋根を越えたもっと上のほうで、檜の枝が強風にざわめき、葉を覆う雨滴の冷たさを感じた。

名波の心はまだ廃墟をさまよっている。

しのぶの胸はふくよかで柔らかく、ごつごつとした父の手とはまるで別物だった。

「いいわよ、訊《き》いといてあげる」

耳元で囁くしのぶの口がかすかに臭った。これまで彼女に口臭を感じたことがなかったのに、湿った土のような臭いが耳をくすぐる。

「そんなに遠くはないはずなんだが」

これまでの人生を正確に把握してないわけではないが、思い出そうとするとところどころあやふやなところがある。たとえば中学校の頃、優等生を演じ続けようと力みすぎてプレッシャーがかかったのか、一年近く斑《まだら》状に記憶が失われたままになっている。修学旅行に行ったはずなのに、どこにいって何をしたのか、クラスメートたちに訊かなければまったくわからないのだ。高校時代にも似たような経験をした。学園祭に体育祭、活躍したはずなのにその記憶が抜け落ちている。高校を卒業して就いた洋菓子店の店員は長く続かず、花屋、果物屋と店の仕事ばかりを転々としてきた。仕事を変えることになった原因がどこにあるのか不明のままだ。

生まれてから府中《ふちゅう》市の都営住宅に入るまで住んでいた場所がわからないというのは、これとはちょっとタイプが異なり、記憶喪失の類《たぐ》いとはいえない。住んでいた場所の風景は覚えている。しかし、その地名を周囲の皆はなぜか隠すため、正確な地名を知らないというだけだ。

本籍は府中市多磨《たま》町であるが、生まれた場所も、幼児期に暮らしていた場所も、別のところであるのは確かだ。記憶を騙《だま》すことはできない。集落から街道に至る途中にある巨樹……、山の斜面の石段に沿って整然と並ぶ家屋の群れ……、かつて自分が暮らした風景は記憶にしまわれている。

だから、何度も母に訊いたことがあった。

「ねえ、かあさん、ぼくが生まれたのはどこ?」

「何いってんだかねえ、この子は、いつも同じことばかり訊いて。生まれたのは三鷹《みたか》市上連雀《かみれんじゃく》の病院、育ったのは府中市多磨町の都営住宅。今は本籍も多磨町に移してこうやって一戸建てに暮らしてるじゃない」

そう言われて、名波は恐らく困惑の表情を浮かべたのだと思う。母の明らかな嘘を糾弾しようというのでもなく、ただ困った顔でおろおろと記憶に薄明かりを当てようとした。そこに何も発見できず、自分の身体が消滅していくかのような心許《こころもと》無さを覚えたものだ。

生まれてから幼稚園に入るまで暮らしていたという都営住宅には、その後も何度か訪れたことがある。昭和三十年代初頭に建てられて今は古くなってしまったが、トイレは洋式で、当時にしてみれば最新の設備を施したものだった。しかし、実際に暮らしたのは絶対にそんなところではなかった。幼いとは言え、幼稚園に入るまで暮らしていた家ぐらい覚えている。家で一番暗いところにあるトイレはくみ取り式で、穴の底はさらに濃い暗黒に支配されていた。しゃがむたび、尻を舐められそうな気配が立ち上ってきて、夜の排泄《はいせつ》が恐くてならなかった。

トイレひとつとっても、心に残る原風景とあまりにかけ離れていた。

あれは一体どこだったんだろう。大きな檜、鬱蒼《うっそう》と木々に覆われた斜面に点在する家々。ずっと疑問を持ち続けていた。

父に訊ければまた違ったことを言われたかもしれないが、山間《やまあい》の集落から離れたのと時を同じくして、父は自分たちの暮らしの中から消えてしまった。戸籍上では死んだことになっている。しかし、葬式をした記憶もなければ、死因に関する心当たりもない。「失踪《しっそう》した」といわれたほうが、なるほどそうかもしれないと納得できるだろう。

父が消滅した理由もまた周りの者はだれも教えてくれなかった。

今となっては名波に真実を告げられるのは母だけであるが、歳を取って頭が惚《ぼ》け、もはや意味のある会話を交わせなくなってしまった。

……本当に母さんの言った通りなんだろうか。おれが思い違いをしているのだろうか。

疑問がないわけではない。繰り返し同じ夢を見て、その風景が現実であるかのように心に刻まれてしまったことも考えられる。

それが今日、映画を観ていてようやく出会うことができたのだ。記憶にある風景とまったく同じものが、シーンの中に広がった。夢ではなく、本当にあった風景なのだと、確認されたも同然である。映画監督や撮影スタッフたちは、現実の場所で撮影したに違いない。

だから名波は、映画に出演していた友人に訊いて撮影場所がどこなのか調べて欲しいと、しのぶに頼んだのだった。

具体的な地名に関する手掛かりは何もなかったが、都心からそう離れているわけでもなさそうだ。たとえば、東北や九州の山の中では有り得ない。記憶の闇に手を探り入れればそのぐらいのことはわかる。移動時間の記憶から、府中市から車で一、二時間程度の山間部ではないかと想像がついた。

「自分の生まれた場所を知らないなんて、あんた、可哀そうだよね」

しのぶはそう言って屈託なく笑った。

「おまえは知っているのか、生まれた場所とか、育った土地とか」

「そんなもん、どうだっていいじゃん」

「どうでもいいことなら、幸福か不幸かを決める基準にはならねえだろ」

「屁理屈《へりくつ》言わないの」

しのぶは頬を膨らませて名波の鼻をつねってくる。

名波は、しのぶの年齢を知らなかった。不思議な外見の女で、肉体の各パーツを観察すると年齢の推測がつかなくなる。しもぶくれの顔は愛嬌《あいきょう》があって可愛く二十歳代と見えるのだが、目尻《めじり》だけに焦点を合わせると十歳や二十歳は軽く跳ね上がる。胸は若々しく張りがあって魅力的なのに、腹から腰にかけての弛《たる》みによって相殺されていた。木目が細かく綺麗《きれい》な肌には、ところどころに小さな痣《あざ》があり、かと思えば薄く内出血が見られたりする。手の指にはきれいにネイルアートがほどこされているのに、足の指の爪は先端が割れて痛々しいほどに無頓着《むとんちゃく》だった。

その割れた爪の先端がふくらはぎに当たり、名波は、肌を刺す痛みに反応して寝返りを打った。

「ねえ、撮影した場所がわかったら、あんた、どうすんの?」

しのぶは髪の中に指をかきいれ、しなをつくって梳《と》かす仕草をした。

「行ってみるさ」

もちろんそのつもりだった。場所がわかったら、迷わずその場を訪れる。そして幼い頃の記憶を取り戻す。

「ねえ、わたしも行きたい。おもしろそうじゃん。廃墟《はいきょ》の探検なんて。連れてってくんない」

連れていけない理由はなかった。むしろこちらからお願いして頼みたいぐらいだ。車で行くことになればしのぶの自家用車を当てにするしかなかった。名波は車を所有するどころか、免許すら持っていない。

「別にいいけどさあ、おまえ、ギャーギャー騒いで感傷の邪魔をするなよ」

名波は恩着せがましく言って、しのぶの身体におおいかぶさっていった。

しのぶを抱くようになって何年が過ぎただろうか。初めて会ったのも、この同じ街だった。深夜に歩いていて、人気のない通りを曲がったら、思いがけずそこに女がひとり立っていた。地中から湧き出たような唐突な現れ方だった。女は、茫然《ぼうぜん》自失の表情でまったくの手ぶら。自分がどこから来て何をしようとしているか、把握していないように見えた。片方の足にしかサンダルが引っ掛かっておらず、かといって脱げたばかりのもう片方が街路樹の根元に転がっているというわけでもない。片足はサンダル履き、片足は裸足《はだし》のまま、遠くからやって来たような、アンバランスな風体である。ミニスカートから伸びた脚の、膝小僧《ひざ》のすぐ上のあたりに大きな青痣があった。

驚いて女の顔を覗《のぞ》き込んだとき、車が急発進する音が幻聴のように名波の耳に響いた。周囲を見回しても車の影はどこにもなく、音の正体を探り当てぬまま、名波の右手は女の手によって握られていた。女の手は冷たく、表面がざらついていた。手を顔に近づけて観察すると、皮膚の中に無数の砂がめり込んでいるのがわかった。

それがしのぶとの最初の出会いだった。

あのときの彼女は、哀れを誘う、助けを求める目をしていたけれど、以降二度とそんなものにお目にかかったことがない。しのぶは、名波の前ではいつも、年齢不詳の天真爛漫《らんまん》な女を演じていた。

しのぶと肌を合わせる場合、ひとつ注意しなければならない点がある。しのぶは全体的に肉のふくよかな女だが、ところどころに骨の出っ張りがあった。特に、腰骨の丸い膨らみは顕著で、抱き合っているときに自分の腰骨と彼女のそれがぶつかり合うと、ごつりと鈍い音がきっかけとなって、肉を失った骨と骨が絡まり合うイメージがとめどなく溢《あふ》れ、どう手を尽くしても、性交を持続することができなくなるのだ。

しかし今晩、名波の充血を解いたものは骨の音ではなかった。しのぶの耳朶《みみたぶ》を舐《な》めようとして髪をかき上げたとき、髪と地肌の間から湿った土の塊がひとつふたつとこぼれ落ち、同時にぷんと土の臭いが鼻をついたのだ。

地肌から落ちる土の一粒は、名波の舌に乗って転がり、しのぶの耳に開けられたピアスの穴を塞《ふさ》いでいった。

閉じ込められる感覚、そして臭い。名波のそれは一瞬で萎《な》えていった。これ以上どう足掻《あが》いたところで無駄骨に終わるだけだ。

彼は、身体をごろんと仰向《あおむ》けにさせ、大きく息をついた。

……助けてくれ。

声にならない叫びだった。性交によって得られるのは昇天するがごとき快楽だった。しかしその最中に、骨の音を聞いたり土の臭いを嗅《か》いだりすると、地中に引き込まれるかのような圧迫を受けてしまう。昇りたいのに昇れないもどかしさ。

名波はシーツから両腕を出して伸ばし、空気を求めて喘《あえ》いだ。

3

夏も終わろうとする土曜日だった。朝から新聞やテレビは、ここ数日間の記録的な猛暑を煽《あお》り立てていた。言われれば言われるほど余計に暑く感じられる。湿度も相当に高いに違いなく、ちょっと歩いただけで汗がしたたり落ちた。その汗を手で拭《ぬぐ》っては払いながらしのぶが表通りを歩いてやって来て、駅前の広場に立つ名波に、地図のコピーを一枚差し出した。

廃墟が出てくる映画を見た日から数えて一週間後のことである。

「すぐわかったわよ、こんなもの。恭子《きょうこ》が調べてくれた」

恭子というのがしのぶの友人だった。心ここにあらずの状態で映画を見終わり、名波は恭子という女優の顔をまったく覚えてなかった。

「車で来なかったの」

名波が尋ねると、しのぶはだらしなく手を後ろに振って、

「あっちの駐車場に入れてきた」

と言う。

「じゃ、行こうか」

名波はしのぶがやって来た方向に歩きながら地図に目を落とした。青梅《おうめ》から西に進んで国道を北側に折れた山の麓《ふもと》、道が行き止まりになるあたりに黒くバツ印がつけられている。ここが廃墟のシーンを撮影した現場であろう。思った通り府中から車で一、二時間程度の場所だ。地図を見ただけで名波はここに間違いないだろうと直感を得た。地図に記載された等高線の向きや間隔から、付近の地勢が自然と目に浮かんでくるのだ。

しのぶはすぐに車に入ろうとしなかった。まずエンジンを始動させ、エアコンの冷気を最大にしてからドアの前に立ち、名波に訊《き》いた。

「ほんとに行くの」

「行くに決まってんじゃないか」

場所を記した地図もあるし、そのつもりで家を出てきたのだ。

「台風が近づいてるのよねえ」

九州に上陸した台風十六号がコースを変え、列島沿いに北上を始めたというニュースはテレビで見て知っている。そのせいか雲の動きは早い。雲が動いているというより、切れ目から青くのぞく晴れ間のほうが動いているように見える。継続的に雨が降っているわけではなかった。曇り一時雨というのが今日の予報である。

「だいじょうぶ、だいじょうぶ。今日一日ぐらいもつよ」

名波は空に向かって両手を広げてみせた。

「行って、無理なようなら、やめようよ」

しのぶはぬかるんだ山道を歩くことを警戒しているようだ。スニーカーにジーンズと、歩く場所を考慮に入れた服装をしていたが、大雨が降ればひとたまりもなく全身はずぶ濡《ぬ》れになる。

「わかった、無理はしない」

ここでやめるわけにはいかない。名波は行きさえすれば、どうにでもしのぶを説得できるとタカを括《くく》っていた。

高速道路に乗って都心を抜け、西を眺めれば雲の動きがさらに激しくなっているのがわかる。雨雲の下に白く煙る山肌がところどころに見受けられた。雨の範囲は狭く、風とスコールをもたらして、雲は山の斜面を舐めていく。

車を運転しているときのしのぶは、助手席の人間が黙り込むのを嫌った。無言で過ぎていく時間に我慢できない質《たち》なのだ。雲の動きに気を取られ、会話に空白ができるやいなや、名波にもっと喋《しゃべ》れと注文を出してくる。

「ねえ、なんかおもしろい話、してよ」

おもしろい話をしろと言われ、すぐに要求に応《こた》えられるほど、名波に喋りと笑いのセンスがあるわけではない。

「急にそんなこと言われてもよお」

彼は苦笑いを浮かべ、

「ところで、あの映画、一体、何言おうとしてたんだ」

と、廃墟《はいきょ》が登場した映画のテーマに話題を振った。

「あんた、途中から寝てたでしょ」

非難しているわけではなく、「バレてんだから」と軽くつつく程度の言い方だった。ところが名波はムキになって声を荒らげる。

「寝てなんかいねえよ」

寝ていたわけではない。廃墟の映像を目にした瞬間から、幼い頃に暮らした風景に頭が囚《とら》われてしまっただけだ。

「ま、どっちでもいいけどさ。興味がないものには、あんた、すぐ目を閉ざしてしまうもんね」

年下の男を諭す口調に腹が立ち、名波は助手席側のウィンドウを全開にして風を呼び込んだ。雨粒を含んだ空気がねっとりと顔や首筋にまとわりつき、涼しく乾燥していた車内のコンディションが入れ替わっていく。不快感がより一層増した。

「ああ、涼しい」

名波は口を開けて空気を食べる真似をした。

「子どもみたいなことしてないで、さっさと、窓閉めなさいよ」

しのぶの口調が母にそっくりだったので、名波は驚いて彼女の横顔を見る。目尻《めじり》の皺《しわ》は普段にも増して深くなっていた。しかし、母と似て見えたのはほんの一瞬だった。しのぶは怒っているわけではなく、無表情にほんの少し諦《あきら》めを交えた顔で、額の汗を拭《ふ》く。

名波は急いでウィンドウを上げ、音をたてて唾《つば》を飲み込んだ。

「まさかおまえ、生きることにもっと前向きになれとか、説教垂れるわけじゃねえだろうなあ」

なんの脈絡もなくそんな台詞《せりふ》が浮かんだ。どこか意味深にしのぶから諭されているような気がしてならない。

しのぶはハンドルに顔を近づけ、「くく」と笑った。

「よくわかったわね。正解」

「ばか。冗談こいとれ」

「映画のテーマはそれ。でもあんたは途中から寝てた」

「あんなつまんねえもん、観てたってしょうがねえだろうが」

「わかってないなあ」

会話はそこで再び途切れた。

なんだか無性に腹が立つのだが、名波にはその原因がどこにあるのかわからない。寝てないのに寝てたと言われたからか、それとも聞いたふうな口を叩《たた》くからか……。喋るのが面倒くさくなり、寝たふりをしようとシートを倒しても、本物の眠りは訪れない。

しのぶはいつまでもひとりで喋り続けている。聞いているかどうかも知れぬ相手に、たわいもないおしゃべりを繰り返している。

名波は薄く目を開け、シートを倒した姿勢のまま車外に顔を向ける。雲の切れ目から日が射し、空が一段と近くなったように感じられた。雨脚は遠のき、風も弱くなったようだ。緑に覆われた山の斜面に視界が塞《ふさ》がれる回数が次第に多くなっていった。山が深くなってきたのだ。

目的地はもうすぐそこだとわかっていて、名波は寝たふりを続けた。

4

湾曲した道の膨らみに車を止め、ドアを開けて一歩踏み出したとたん水たまりの中に足が沈み込んでいった。

「歩く前からこれかよ」

名波は「ちぇっ」と舌を打ち、水たまりの上に車を停止させて知らん顔をしているしのぶを一瞥《いちべつ》するが、彼女は気にもとめず車から降り、猫のように伸びをした。

雨は止み、空の半分を占める青が、形を変えながら動いている。

車道をしばらく歩き、石段でできた登り口を発見すると、名波は思わず立ち止まっていた。登った先にある風景が、明瞭《めいりょう》に頭に浮かぶのだ。石段はまさに暗く閉ざされた記憶への入り口だった。

「ここなの？」

「ああ、間違いない」

横に並んだしのぶが顎《あご》をしゃくる。

「すごいよね、あんた、幼稚園に入るまでこんなところに住んでいたなんて」

「別にすごかねえよ」

住みたくて住んでいた場所ではない。選ぶこともできず生み落とされ、他の場所も知らぬままここで暮らしていたというだけだ。

登り口は細く前後一列になって進むしかなかった。ジグザグ状に二度折り返したところで石の段はなくなり、あとは草を払っただけの山道が檜《ひのき》のある峰まで続く。呼吸も荒く巨樹を見上げる頃、ふたりのTシャツは汗でぐっしょりと濡れていた。

「あ、この樹、見たことある」

しのぶは映画で見て、この檜《ひのき》を既に知っている。細くまっすぐに伸びた杉で囲まれている中にあって、檜は王のように振る舞っていた。幹回りは五メートルにも及び、てっぺんは杉のはるか上に顔を出す。大根が絡みあったように膨れた根元は、映画では特別な意味を持たされ、象徴的に扱われていた。

予想してはいたが、思った通りの場所に檜を発見して、名波は心を逸《はや》らせた。もっと奥に進めば、かつて自分が暮らした集落がある。それはもはや動かしがたい事実だ。

「行こう」

名波は先を急いだ。

檜から山道を二百メートルも歩かないうち、集落のもっとも手前に位置する廃屋が姿を現した。板塀は半分ばかり剝《は》がれ落ちて腐っている。床を歩けば簡単に抜けてしまうに違いない。人間が住まなくなって四十年は過ぎたであろう廃屋は、山側の茂みにひっそりとたたずんでいる。

名波は、この集落がどんな歴史を持ち、住民がなぜ一斉に離村してしまったのか、理由を知らなかった。母は、そもそもここで暮らしていたことさえ教えてくれなかった。

名波は歩を休めず、さらに進んで中心部を縦断する石段の下に立ち、山側と谷側、両方の斜面に顔を巡らせた。家々の土台には石が積まれ、その隙間から草が生えだしていた。草は青く瑞々《みずみず》しく、廃屋を取り囲む板塀は黒ずみ、生と死のコントラストは随所にちりばめられている。

蝉に混じってウグイスの鳴く声が二度三度と聞こえた。

ところどころ倒木に塞がれていたが、枝をくぐれば登るのは簡単だった。石段は集落の目抜き通りであり、両側に数戸ずつ家が建ち並んでいる。かつての共同浴場が現れ、かつての共同食堂が現れた。購買部であった建物は半壊していて、台風がくればひとたまりもなく吹き飛んでしまいそうだ。全壊して土に戻りつつある廃屋のあとには、段々畑状に草の生えた敷地が残されている。

共同食堂であった建物に入ろうとして名波は周囲を見回した。さっきまですぐそばにいたしのぶの姿がなかった。自分の興味の赴くまま、廃墟の探索を楽しんでいるのだろうか。しのぶにとっては所詮他人事《しょせんひとごと》であり、自分勝手な楽しみかたをしてくれればそれでいい。名波は、今ここにしのぶがいてくれなくてよかったと思う。四十年間という時間の嵐に襲われ、心がどこかに持っていかれそうな気がしたからだ。心が乱れる姿を、しのぶの前に晒《さら》したくはない。

床を歩くときは小さく足を出して足下を確認し、椅子に座るときは脚の頑丈さを確認しなければならない。共同食堂跡には大テーブルがあり、その周囲には丸椅子がいくつか転がっていた。行儀よく、テーブル横に配置されている椅子もあり、脚の強度を確認してから名波は腰をおろし、両腕をテーブルの上に置いた。

ざらりとした木の感触が肘《ひじ》の下にあった。はっきりと思い出すことができた。

……おれはここで何度か食事を取ったことがある。

最後に食事をした夜、記録的な雨量をもたらした雲が裏山の方向で蠢《うごめ》いていたように思う。

木々がざわめき、葉にたまった雨粒が一斉にトタン屋根に降り注いできた。ふと腰を浮かしかけた名波の目に、床に転がるコーラの瓶が入ってきた。瓶の形は今と比べて相当に古い。

雨音とコーラの瓶……、その両方に触発されて、名波を取り囲む廃墟《はいきょ》が突如活気づいた。記憶は鮮やかに蘇《よみがえ》り、給仕をしてくれるおばさんの名前まで思い出すことができる。名倉《なぐら》豊さんだ。豊と書いて、「とよ」と読む。みんなからとよさん、とよさんと呼ばれていた。食堂のメニューはうどんと天丼ぐらいしかなかったが、両親が留守のときは金を持たされてこのテーブルに座った。ひとりではなかった。姉さんが一緒だ。本当の姉さんではなく、隣の栗田さんの次女である。四歳年が離れていたので、いつも「姉さん、姉さん」と呼んでいた。姉さんは、なにくれとなく世話を焼いてくれた。

感傷などという生易しいものではなかった。喉《のど》の奥から短く悲鳴が漏れ、名波の目からはみるみる涙が溢《あふ》れていった。

今ここに座っているのは五歳の頃の自分だった。大好きな母も、姉さんもいて、力自慢の父もいる。それ以外にも、廃墟に彷徨《さまよ》う霊たちが、肉をまとっていった。生きている自分が愛《いと》しくてならない。懐かしさのあまり、名波は手を伸ばして、彼らひとりひとりに触れた。

太ったエプロン姿のとよさんはすぐ前に立ち、「今日はうどん、それとも天丼？」と名波に好みを尋ね、父が勤める鉱山の同僚は、「おまえの父さん、今日、帰り、遅くなるから」と隣に座って父の帰宅時間を教えてくれる。夫に先立たれた芳江《よしえ》さんはまだ五十歳なのに髪の毛が真っ白で、いつまでもテーブルに座ってぶつぶつ呪文《じゅもん》を唱えている。隣家の虎次郎《とらじろう》さんは修験者であり、住民の相談事に乗る役に就いている。彼は「飲むか」と素っ気なくコーラの瓶を差し出し、名波が口をつけるより先、風呂《ふろ》上がりで洗面器を抱えたふみちゃんが、隣から手を伸ばしてコーラを横取りしていった。

そんな日常がかつてここにあった。

名波は自分の家庭環境をも瞬間的に理解していた。両親とも鉱山に勤め、今住んでいる集落はその社宅として使われているものだ。家族は両親と自分の三人で、集落のもっとも高い場所にある家屋に住んでいる。昨年、住民の約半分が新しくできた麓《ふもと》の社宅に引っ越していって、寂しくなってしまった。

あの頃既に、集落はやがて消えゆく運命を背負っていた。しかし、名波にとってここは自分を育《はぐく》んでくれた懐かしい土地。戻ってくればすぐに住民たちは肉体を取り戻して、生々しく動き始める。やって来てよかったと、名波は洟《はな》をすすり上げた。

来た以上、自分の住んでいた家を見ないわけにはいかなかった。石段を登りきった先の左側に、生家はある。便所の窓からは、こんもりとした土の膨らみと、桑の茂みが見えるはずだ。

やはり足下を確かめながら名波は家の中に入っていった。四畳半と六畳の和室が二間並び、その奥が台所となっていた。和室の壁には提灯《ちょうちん》がひとつぶらさがっている。夏祭りのとき父が買ってくれたものだ。台所の横の土間にはブリキ製のバケツがふたつ転がり、その中にトロフィが突っ込まれている。柔道をしていた父は、若い頃に大会に出て優勝したことがあった。

今はないけれどかつてここには青々とした畳が敷かれていた。父に柔道の技をかけられ、何度畳の上に転がされたことか……。子どもと戯れるという程度の遊びではなかった。父はかなり本気で技をかけてきて、名波は嫌でしょうがなかった。

鉱山で事務の仕事をしていた母は、仕事が忙しい忙しいと言ってあまり構ってくれなかったが、そのぶん、欲しいものは何でも都会から取り寄せてくれた。母に買ってもらったテープレコーダーは箪笥《たんす》の中で鎮座ましまし、テレビは廊下の隅に置かれたままになっている。かつて鏡の役を果たして幼い自分を映したブラウン管は、今は粉々に壊れてしまっている。

また激しく雨水の降りかかる音がした。風に吹かれてゆったりとしたリズムでうなる山は、木々の根元まで雨雲に覆われて白んでくる。

「しのぶ」

名波は不安になってしのぶの名前を呼んだが、返事はない。

来てよかった、本当に来てよかったと、名波は呪文のように唱え続ける。虎次郎さんが般若心経《はんにゃしんぎょう》を唱える声がどこからともなく響いてきた。リズミカルな錫杖《しゃくじょう》の音、お経、木魚、人々の低い話し声、その中には聞いたことのある声も何人か含まれている。渾然《こんぜん》一体とした場の雰囲気は、何らかのセレモニーなのかもしれない。

吹き込む風の量が増えたせいか、天井の破れ目から垂れ下がった電球のソケットが揺れた。

簞笥にほうり込まれたテープレコーダーはとっくに壊れていて、プレイボタンを押してもうんともすんとも言わない。そんなことはわかりきっている。部屋は全体的に暗くなりつつあったが、押し入れの天井から漏れてくる光りの筋があった。空は厚い雨雲に覆われ、ますます暗くなっていくのに、押し入れの上だけが妙に明るい。

押し入れの壁には破れ目があり、光りは集中的にそこを照らしていた。名波は壁にぽっかりと開いた穴に目を凝らしていった。壁の内側には壁紙代わりに古新聞が何枚か重ねられて塗り込められていた。そのうちの一枚が、穴からはみ出て、ひらひらと名波を挑発するかのように振る舞っていた。

紙片を手で引っ張れば、たちどころに新聞は破れてしまう。そっと引き伸ばすようにして広げ、名波は顔を近づけていく。

まず読めたのは新聞の日付だった。

「昭和四十年、六月二十八日、夕刊」

名波は、「あれ」と声を漏らしていた。昭和四十年の六月二十八日は名波の生年月日である。自分が生まれた、まさにその日の新聞が自分の生家の壁紙となって埋め込まれているのはどう考えても変だ。

次に目に飛び込んできたのは新聞の見出しだった。

「都に記録的な雨量」

さらに小見出しを目で追った。

「がけ崩れ四箇所、浸水は約二千戸」

字を追うごとに呼吸が激しくなる。見てはいけないものがこの先に待っているような気がするのだ。とある小見出しの前で名波の目は止まり、記事を読もうかどうしようかと、しばしためらった。小見出しにはこうあった。

「親子が死ぬ　奥多摩《おくたま》でがけ崩れ」

名波は意を決して記事を読み始めた。

「二十七日夜十一時五十分頃、奥多摩町由里の鉱山職員名波啓正《ひろまさ》さん方裏山の土砂が約五十立方メートルにわたって崩れ、名波さん方を半壊、名波さんの妻、律《りつ》さん（三十四）と長男の啓二ちゃん（五）、隣家の栗田しのぶちゃん（九）の三人が生き埋めになった。奥多摩署と奥多摩消防、地元住民ら約百人が救出作業にあたったが、二十八日午前二時三十分頃、律さんと啓二ちゃんのふたりが遺体となってみつかった。しのぶちゃんは意識不明の重体。奥多摩署は町全体に緊急避難を命じた」

記事の内容が頭に入ってくるまで、名波は何度も読み返した。

……なんだ、そうだったのか。

天からの光りに導かれ、身体がふわふわと軽くなる。死んだ日、それは同時に誕生日でもあったのだ。

……ここ四十年ばかり自分は一体どこをさまよっていたんだろう。

名波は破いた新聞を床に敷いてその上にあぐらをかいた。

雨脚はますます激しくなってくる。ごうと音をたてて木の幹と幹が擦れる音がした。しかし、不思議なことに雨漏りはまったくない。

短く地響きが上がったことから、桑に覆われた裏山の表面が滑り始めたのがわかった。名波は、ひょいと頭を上げて後ろを振り返った。目の先には、土の臭いをまき散らして流れこむ暗黒がある。

今度こそ、意識もろともにこの暗黒に飲み込まれたいと、名波は切に願った。

杭《くい》打ち

1

目に見えて日が短くなる季節である。夜が明ける時間は遅かった。

東京を出たときに色濃く残っていた闇は、関越《かんえつ》道の途中から白み始め、上信越《じょうしんえつ》道に入る頃になってようやく夜は明け切っていた。

分岐して三つ目のインターチェンジで高速道路を降り、緑が丘ゴルフクラブに到着したのがつい四十分前のことである。今は、燦々《さんさん》と降り注ぐ朝の光で山の斜面が輝いている。

野末和己《のずえかずみ》は、クラブハウスでゴルフウェアに着替えるや、一番ホールのティーグラウンドを目指して歩き始めた。すぐ後ろからは、黄色のトレーナーに同色のキュロットでコーディネイトした矢野瑞江《やのみずえ》がついてきていた。一歩踏み出すたびに女の色香をまき散らすような歩き方で、指にはめた指輪の台座には、こぼれ落ちようとする朝露の大きさで、ピンクダイヤモンドが光っている。

明けて間もない高原の空気はひんやりとして、吸い込むたびに無数の棘《とげ》が肺に刺さる。新鮮で、心地のいい、胸の痛みだ。

晩秋の気配が、早朝の芝生から立ち上っている。踏むたびに、夜気を含んで瑞々《みずみず》しい葉先から、水滴がこぼれ落ちて、シューズの先を濡《ぬ》らした。

野末は、平日にもかかわらずゴルフコースに出られる喜びを噛《か》み締めた。昨夜遅くに仕事を終え、いくら疲れて眠くても、暑かろうが寒かろうが、ゴルフコースのティーグラウンドに最初の一歩を踏み出したとたん、身体はしゃきっと切り替わる。何度プレイしても飽くことがなかった。スコアが乱れ、修行僧のごとき苦しみにうちひしがれても、翌日にはけろっとして、早くグリーンに立ちたいと願う。

ゴルフコースの早朝の雰囲気を、死ぬまでにあと何度味わうことができるか、その回数を一回でも多くするのが、野末にとって人生の目的でもある。

……いや、もうひとつあるな。

野末は、ドライバーを手に取り、その感触を確かめてから、すぐ傍らに立つ瑞江に目をやった。幸福のバロメーターをすべてゴルフに置くのは間違っている。いい女と一回でも多くセックスするのもまた人生の大問題だと思い直す。

野末の胸の中を見透かすように、瑞江が訊《き》いた。

「なに、にやついてるのよ」

キュロットスカートから伸びた瑞江の脚は素肌で、一面に鳥肌がたっている。

「寒くねえのか、おまえ」

野末は、問いを無視して、彼女の脚をドライバーのヘッドでつついた。

「冷たいじゃない」

瑞江は、金属の冷たさを肌に受け、オーバーに飛び退いて抗議の声を上げた。

板橋のマンションに寄って瑞江をピックアップしたのは未明のことである。顔は十人並みだったが、すらりと伸びた脚をはじめスタイルは抜群で、野末は彼女とのセックスが気に入っている。前の愛人に徹底的に仕込まれただけあって、性技もゴルフの腕も一流だった。プレイを終えた後は、車を東京方面に走らせながら、手頃なモーテルを探すつもりでいた。ゴルフと女……、このカップリングを野末は何よりも好んだ。

かといって、野末は、女に甘いタイプではなく、

「身体冷やして、また、しょうべんばっか、するんじゃねえぞ」

と、冷たく釘《くぎ》を刺す。

身体が冷えると、瑞江はトイレの回数が異様に増えるタイプだった。車の助手席に乗せて高速道路を走行中、パーキングエリアが現れるたびにトイレ休憩を要求され、野末はかつて何度か怒りを爆発させたことがある。

「だって、生理現象なんだもん、しょうがないじゃない」

瑞江は、しなを作って甘えた声を出す。

「ばか。したくなったら、黙って、そのへんの草むらでしろ。だれも見ちゃいないって」

ドライバーのヘッドを瑞江の股間《こかん》に当てようとしたところで、キャディから、一組目を共に回るパートナーを紹介された。相手もまた男女のカップルだったが、野末たちとはまるで異質の、初老の上品そうな雰囲気を漂わせていた。

野末は、愛想をたっぷり込めた笑顔を作り、自己紹介してから「よろしくお願いします」と慇懃《いんぎん》に挨拶《あいさつ》したのだが、生来の品の悪さといかがわしさは覆うべくもなく、たぶん夫婦であろうと思われるカップルは、笑みを浮かべた目の奥に、貧乏くじを引いてしまったという失望をのぞかせた。

ほんの一瞬であっても、野末は、彼らの失望を見逃さなかった。かといって、嫌な顔をするわけではない。逆に、ますます慇懃に、こびへつらうような態度で、世間話に興じるのだ。相手が聞いているいないにかかわらず、機関銃のように飛び出すキンキン声に瑞江はしきりに相槌《あいづち》を打ち、初老の夫婦は眉《まゆ》を顰《ひそ》め、不釣り合いな二組のカップルはますます不調和を際立たせた。

野末はその筋の者でも、チンピラでもなかった。国立大学の商学部を卒業して大手損保会社に籍を置いた経験さえある。露悪的な雰囲気をどこでどう身につけてしまったのか、職を転々とするうち、転がる餅《もち》にほこりがつくかのごとく、身にまとわりつけてしまった。

子どもの頃から勉強が得意だった野末は、真面目な優等生と言われるのが、嫌で嫌でしょうがなかった。あたかも性同一性障害のごとく、本来の自分と見かけの自分とのギャップに悩んできた。

「野末君、本当はいい人なのに」

クラスの女の子たちがそう言うのは、彫りが深くバタ臭い顔の野末に好意を持ち、悪ぶった言動を庇《かば》うためであったが、言われるたび、だれかれ構わず殴りつけてやりたい衝動を覚えたものだ。

大学を卒業後、最初に就職した大手損保会社では自動車事故の調査部に回された。その筋の人間や、心底質の悪い人間《たち》とやり合うのに嫌気が差し、真面目な会社勤めは三年で辞め、その後は様々な職を転々とした。ホストクラブのホストをしながら司法試験の勉強をしたこともある。そこそこの営業成績を誇ったけれど客とのトラブルが原因でホストクラブを首になり、同時に司法試験に合格するだけの力がないことを悟った。友人のルポライターの取材を手伝いながら就いたのは、ショーパブの照明係である。ここもまた、おかまのタレントに追いかけられるのを嫌って自ら逃げ出すことになった。

それ以後、売れるものは何でも売って生計を立ててきた。英会話教材や鍋《なべ》のセットから始まり、中古車、土地家屋と専門領域を高価なものに変えるにしたがって、収入は増えていった。持ち主がだれとも知れぬ無人島を売ったこともあれば、月の裏側にある広大な土地の権利書を、「さあ、これで月はあなたのものですよ」と、夜空を指しながら売ったりもした。東南アジアで仕入れた宝石と抱き合わせで大麻樹脂を売り、一回だけであるが、女を売ったこともある。

現在、主な生業《なりわい》としているのが、その時の縁で始めた宝石の販売である。海外で安く仕入れた宝石を、独自のルートで卸すのだ。一回の取引で相当額の実入りがあるため、しゃかりきになって働く必要のない、楽な商売だった。だからといって、これで満足しているわけではない。売るべき商品の新規開発は常に怠りなく、最近はまた、物理的質量を持たない情報が、意外と高く売れるということに気づき始めてきた。

ふてぶてしさを身に纏《まと》いつつ、実生活においては愛想のいい商売人の仮面を器用に被《かぶ》り続けていた。住居も事務所も港区のマンション、自家用車は左ハンドル、冬は毛皮のコートを空港に預けてハワイに飛ぶという生活は、ばかばかしいほど型にはまっている。

家庭内では、愚痴の多い妻の夫と、会話のない二児の子どもの父を演じ、一歩外に出て普段の付き合いが及ばなくなれば、いかにもといった感じの愛人を伴っていかがわしい雰囲気に拍車をかける。四十一歳という厄年を迎えた今、拭《ぬぐ》おうとして拭えない人生の垢《あか》で、全身が塗り固められ、二重人格はしっかり板についてしまった。ふたつの人格のうちどちらが本来の自分なのか、わからないままに日々を過ごしている。

一番ホールは、フェアウェイが右にカーブしてグリーンに通じ、左中程に池のあるコースだった。池の手前が小高く盛り上がって視界を塞《ふさ》ぎ、ティーグラウンドからでは水面の半分程度しか見渡すことができない。

最初のドライバーショットはいつも、野末に緊張を強いた。柄にもなく、野末は、真剣な表情で立ち位置を決め、心を冷静に保ちながら、ボールがまっすぐグリーンに飛んでいくシーンをイメージする。第一打が肝心だ。幸先《さいさき》がよければ、ベストスコア更新への夢を長時間保ち、楽しくコースを回ることができる。初《しょ》っ端《ぱな》にしくじれば、早々に夢は絶たれ、あとはただの消化試合となるだけだ。

野末がドライバーを振り上げ、降ろす瞬間に瑞江は叫んだ。

「池ポチャ!」

その台詞《せりふ》が効いたのかもしれない。打球は理想のコースから大幅に左に逸《そ》れ、瑞江の望む方向に飛んで、池の手前の斜面に吸い寄せられていった。

「ぐあ――」

野末は、獣に似た声を腹の底からひねり出し、ボールの落ちたあたりにじっと目を据える。ボールが池に入ったか、手前にへばりついているのか、ティーグラウンドからではわからない。

瑞江は罵声《ばせい》を浴びせられるのを恐れて、数歩あとじさったけれど、このとき野末の頭には彼女の存在など微塵《みじん》もなく、ただボールの落下位置のみが気にかかっていた。池に入ってないことを天に祈るだけである。

丘の頂に立ってようやく池の全体像が摑《つか》めた。瓢簞《ひょうたん》形の小さな池であったが、人工の丘はそのまま山の斜面へと連なっているため、遥《はる》か下方、高速道路と川を越えた向こうに、街の風景が見渡せた。川の名は鏑川《かぶらがわ》、街は富岡《とみおか》に違いない。

池の周囲には赤い杭《くい》が打たれ、ハザードであることを知らせている。まっ平らな水面に朝もやの名残を漂わせ、緑がかって清々《すがすが》しい。

ボールの行方を追って、視線を延ばしたとき、野末は、岸から数メートルほど水に入ったところに奇妙なモニュメントがあることに気付いた。白っぽい石でできた置物……、あるいは凝った形をした噴水。白い物体の中心から空に伸びる銀の棒は、細く噴き上げる水柱のようだ。

ところがじっと目を凝らしていると、全身白ずくめの服装で大の字に俯《うつぶ》せになった人間の形のように見えてくる。さっきから目の端に入ってはいた。だが、ボールの行方を追うのに夢中になり、見えてはいても意識の表層に浮かび上がって来なかったのだ。今初めて、対象は矢のような鋭さで、野末の好奇心を突き刺してきた。

矢……、そう、野末には、その物体が、背中から刺し貫かれた矢で大地に固定された人間のように見えた。あたかも、標本箱の中、ピンで留められた昆虫のように……。

2

翌日の昼ごろ、瑞江から電話がかかってきたとき、野末はオフィスで宅配のピザを食べていた。オフィスといっても六本木のワンルームマンションで、従業員は他にだれもいない。彼ひとりで切り盛りする有限会社の本店所在地である。

瑞江がオフィスに電話をかけてくることは滅多になく、用件があるのは明らかだ。

「よぉ、瑞江か。どうした？」

野末は、口に詰まったピザを牛乳で飲み下してから喋《しゃべ》ったつもりだったが、相手にはすぐに知られてしまう。

「和己、あんた、何食べてんのよ」

名前で呼ばれると、野末は無性に苛立《いらだ》ちを覚える。男だか女だかわからないような名前をつけた親を恨みたくなるからだ。両親とも、本当は女の子が欲しかった。にもかかわらず、生まれてきたのは男。

……あんたの股間を見たときは、ほんと、ショックだったわよ。

冗談めかして、母が言ったことがある。冗談ではない。たぶん本音だ。

「バカか、おまえ。おれのランチメニュー訊《き》くためわざわざ電話かけてきたのか」

「新聞読まなかったの？」

「いや、……そうか、載ってたか」

「ううん、逆よ。どこにも載ってないの。ねえ、変だと思わない？」

それから、瑞江は電話をかけてきた訳を説明し始めた。

話を聞きながら、野末は、昨日の朝、目にした白いモニュメントが、人間の死体に見えてきたときの、奇妙な感覚を生々しく思い出していた。

池の深さはせいぜい数十センチというところだろう。野末の目の先にあったのは、水面下に半分沈んだ男の股間《こかん》だった。男は上下とも白いジャージを着て、両足には靴を履かずに白いソックス、両手には白い軍手と、全身白ずくめだった。俯せで、手足の先端を上に反らせた格好は、スカイダイバーが空を飛ぶ姿に似ていた。

自分が眺めている物体が、人間の死体であると認識した瞬間、胸の底に去来したのは恐怖の感情ではなかった。むしろ厳かな気分といったほうがいい。しばし言葉もなく、不自然な造形物を観察し、ゆっくりと天を仰いだのだった。

まったく風のない山の斜面は、陽が昇るにつれて気温も上がり、絵に描いたようなのどかさに支配されている。緑がかった水面はまっ平らに静止したまま、水の縁では小さな虫が波紋を作っていた。

水平に戻された野末の目は、死体の背中に突き刺さっている棒にとらわれた。細長い杭のように見えたが、明らかに異なっている。空に向かう先端は尖《とが》り、一・五メートルばかりのシャフトは冷たい金属色を放っている。背中から上三十センチぐらいの位置に、ピンク色のグリップがあり、その明るい色合いがまた不調和をもたらしていた。

背中を刺し貫かれているにもかかわらず、血は一滴も流れておらず、白いジャージが赤く染まってもいない。

野末は、子どもの頃に見たSF映画を連想していた。猿から人間への進化を促したモノリスと呼ばれる黒い板……、恐怖よりも先に荘厳さを感じたのは、背中に突き刺さる銀色の棒から、モノリスを連想したからだろう。それはまた、神の手の介在を仄《ほの》めかしている。

野末が我に返ったのは、斜め後方で湧き上がった瑞江の悲鳴によってだった。

今、耳元に響く彼女の声には、昨日の緊迫感はない。

「……インターネットで調べたけど、載ってないのよね、どこにも。昨日の夕刊には十分間に合うはずじゃない。でもさあ、今朝の朝刊にも載ってなかった。全国紙はともかく、地方紙だったら、載るはずじゃない。ねえ、おかしいでしょ」

瑞江は、耳に当てた受話器の中で、淡々と喋っている。

ワイドショー的な好奇心で、昨日発見された死体に関するニュースが、全国紙はともかく、地方紙のどこにも報道されていないことを不思議がる。

野末は生返事を繰り返していた。脳裏には、銀色の杭が鮮明な映像となって屹立《きつりつ》している。記憶の印画紙に鮮やかに刻印されて、あのシーンは、拭《ぬぐ》おうとしても拭えない。

後に、ゴルフコースで展開された騒動は、野末の中で印象が薄くなっている。最初に見た、死体の映像があまりに強烈過ぎ、その反動を受けて薄れてしまったようだ。

瑞江の悲鳴が引きがねとなって、キャディが池の死体に気づき、すぐにクラブハウスに連絡を入れて大騒動が持ち上がった。二十分もしないうちに地元の警察がやって来て、現場検証を始める。その模様を遠巻きに眺めているうちにやじ馬が集まり、厳かな現場が汚《けが》されるようでなんとなく嫌な気分になり、野末たちはコースに戻っていった。一時間近くも現場に立ちっ放しで、飽きてしまったこともある。

ハーフが終わってクラブハウスで昼食をとり、ゴルフ場の従業員に聞いたところ、既に警察の車両は去ってしまったと言う。午後にはもう、ゴルフコースは平常を取り戻していた。そこまでの経緯は、記憶しているのだけれど、どこか断片的でこころもとない。

一応警察がやって来て、殺人と思われる事件の捜査をして帰っていったのである。事実は、闇から闇に葬られたわけではない。にもかかわらず、そのニュースが新聞にはまったく載っていないと言う。瑞江の言うとおりだとすれば、やはり不思議といわざるをえない。

猛烈な好奇心が湧き上がってきたのは、電話を切ってからのことである。これまで様々な職を経てきた経験と、売れるもの売れないものを見極めてきた勘が、働きかけてくる。日常に生じた綻《ほころ》びを押し広げることによって、思わぬ商売の糸口を摑めないとも限らない。警察が動いたにもかかわらず、一切ニュースとして表に出ないとなれば、それなりの理由があるはずだ。解明された理由は、情報として売れる可能性がある。

野末は、恐喝の二文字を思い浮かべているわけでもなかった。直接犯罪に手を染めるほど大胆にはなれないし、金に困っているわけでもない。異様に膨れ上がった好奇心を満足させた上、情報を週刊誌などに売れはしないかと、一石二鳥の手を考えているだけだ。

雑誌記者を経てフリーのルポライターになった大学時代の友人に頼まれ、野末は、取材の手伝いをした経験がある。見よう見まねで、ある程度の取材はできるし、友人のつてを頼って情報を売るルートも確保できるに違いない。一昨日《おととい》にちょっとした取引をまとめて、金と時間に余裕があった。

……手始めにどこから探りを入れるべきか。

彼はパソコンを立ち上げ、情報収集に乗り出した。緑が丘ゴルフクラブのあるのは、群馬県富岡市である。となると、動いたのは富岡警察署に違いない。直接、警察の広報に電話して聞くか、あるいは地元の新聞社に問い合わせるかだ。

野末の、警察に対する印象は悪い。彼は、まず緑が丘ゴルフクラブがある群馬県の新聞社と、全国紙の支局の電話番号を、ピックアップしていった。

3

ピザを食べ終わるや、野末は、全国紙の支局やら、地方紙やらに電話をかけ、昨日の朝、緑が丘ゴルフクラブで殺人事件がなかったかどうか、それとなく尋ねてみた。

露骨な聞き方をすると、現地のマスコミが動き出してしまう可能性があるため、核心に触れぬよう、微妙な言い回しに終始した。周りが一斉に動けば、情報としての価値は消えてしまう。

得た感触は、現地の記者たちは今回の事件にまったく気づいてないという確信である。それはさらに野末の好奇心に火をつけた。殺人現場には、ゴルフ場の従業員を始め、コースでプレイしていた客もいた。仮に警察が箝口令《かんこうれい》を敷いたとしても、そんな状況でなぜ情報が漏れないのか、考えれば不思議なことだらけだ。

次に野末が電話したのは、警察の広報である。

所轄署の広報に問い合わせたところ、総務課を経て副署長に回され、野末は、週刊誌の記者を名乗って、話をうかがいたい旨を申し出た。

「はい、どういったご用件でしょうか」

相手は、のんびりと温かみのある喋り方で、野末の質問に応じようとする。

「単刀直入にお聞きしますが、昨日の朝、管内で殺人事件が起こったという噂を聞いたのですが」

「あー、昨日ですか……、いや、そのような案件はありませんが」

間延びした声でいきなり否定され、野末は戸惑った。もう少し違ったリアクションを期待していたのに、初っ端《しょぱな》から入り口を塞《ふさ》がれてしまったようだ。

「いえ、殺人が起こったのはもっと前かもしれません。ただ、死体が発見されたのが、昨日の朝というだけで」

野末は、死体の死亡推定時刻がいつなのか知らなかった。ずっと以前に殺されていた可能性も十分に考えられる。

「いえいえ、ここ数日……、どころか、今月に入ってうちの管内で殺人は一件も起きていませんよ」

「実は、現場を目撃した人がいるんですよ」

野末が鎌《かま》を掛けると、副署長はたっぷりと間を置いてから、素《す》っ頓狂《とんきょう》な声を上げた。

「はあー？」

驚いているのか、空とぼけているのか、判然としなかった。野末は、声の響きだけに集中して、どちらなのか嗅《か》ぎ当てようとする。

「ひとりだけじゃないんです。目撃証人は何人もいる」

事実だけに、野末の声には力が入る。

「ちょっと、何言ってるんですか、おたく」

「しかも、所轄署から警官が大勢来て、現場検証まで行っているそうじゃないですか」

「一体何を言っているのか、当方にはさっぱり……」

実際に見ることはできないけれど、野末には、副署長が太った狸に似ているような気がしてきた。

「なぜ隠そうとするのか、こっちは、その理由が知りたいだけです」

副署長は、噎《む》せて咳払《せきばら》いを繰り返し、湯飲みで茶を啜《すす》る音を受話器に響かせる。

「ひょっとして、おたくが言っているのは、緑が丘ゴルフクラブの案件と違いますか」

いつ現場の名称を出してやろうかとうかがっていた野末は、相手から先に切り出されて、拍子抜けしてしまった。

「そうです」

「で、あれが殺人事件であったと、言い回っている輩《やから》がおるわけですね」

「……」

その輩が自分自身であるため、野末には答えようがない。

「自殺ですよ、あれは自殺」

「自殺？」

まさかこんな見え透いた手を使ってくるとは思いも寄らなかった。背中から槍《やり》で刺し貫かれた死体が、自殺体である道理がない。物理的に不可能であることぐらい小学生でもわかる。

バカにされているような気がして、野末は、受話器を持つ手を変え、右手にペンを握った。指の先が震えていたが、メモを取るのに差し支えはない。

「自殺です。間違いありません。遺書もあるし、死ぬべき動機もはっきりしている。奥さんから高崎《たかさき》署に捜索願が出されていて、自殺の恐れがあるとはっきり申されてましたからね。ニュースになるような事件じゃない」

そこまで言われて黙っているわけにはいかなかった。

「あのですねえ、害者《ガイシャ》の背中には槍が突き刺さっていたそうじゃありませんか」

野末は言外に、そんな格好をした自殺者がいるはずはないと匂わせる。

「槍？」

「ええ、槍です。見た人間も大勢います」

「冗談じゃない。まったく、何を言い出すんだか。槍なんてあるわけないじゃありませんか」

副署長の声にも苛立《いらだ》ちが含まれ始めた。

「自殺と言い張るとかじゃなく、自殺なんです、あれは。睡眠薬によるね」

「言い張るんですね」

「わかりました。じゃ、亡くなられた方のお名前を教えてもらえませんか」

一呼吸置いて、副署長は言った。

「亡くなられた方の身元に関して、お答えはできません」

野末はこれみよがしの溜《た》め息で応じ、

「どうしてもですか？」

と、念を押す。

返事はなく、野末は、

「わかりました」

と、受話器を置く以外になかった。

相手の応対がぞんざいだったわけではない。むしろ好感がもてる喋《しゃべ》り方で、田舎の好々爺《こうこうや》を彷彿《ほうふつ》とさせた。にもかかわらず、闘志がかきたてられた。まっこうから勝負を挑まれたように思えるのだ。

警察が殺人事件を単なる自殺にすり替え、穏便に済まそうとしているのは明らかだ。自分の目で見ているだけに、野末にとってこれは動かしがたい事実である。問題は、警察がそんなことをする理由だった。

野末は、知恵を絞って考えた。

……警察がひた隠しに隠す理由としては、何が考えられる？

たとえば、ある誘拐事件に関連した殺人であった場合。警察は、誘拐された人間の生命と容疑者の逮捕を優先させて、マスコミに箝口令を敷かざるを得なかっただろう。あるいは殺し方から見て、やくざ同士の抗争が絡んでいる可能性も高い。警察は被害者の死を隠すことによって襲撃グループを攪乱《かくらん》、あるいは挑発する戦法にでたのかもしれない。

……もう一度、現場に行ってみるか。この情報は必ず金を産む。

受話器を置いて数分もしないうちに、野末は決心していた。時刻は午後一時半を回ったばかり。渋滞が始まる前に首都高を抜ければ、暗くなる前に緑が丘ゴルフクラブに到着できるだろう。いつもの通り、家には出張と偽ればいい。

行くと決めたとたん、野末は、今のこの状況が楽しく思われてきた。副署長との会話を思い出して、ひとり笑いが漏れたりもする。

……しかし、あの狸おやじ、言うにことかいて、自殺で片付けるとはなあ。くそ、言ってやればよかった。おれが、殺人現場の第一発見者だって。

口から泡を吹く副署長の顔を思い浮かべ、野末は笑いながら牛乳を飲み、窓辺に寄ってロール・スクリーンを上げた。

昨日と同様、今日も天気がよかった。瑞江を誘うつもりはない。今日はたったひとりのドライブになる。

午後の日差しを受け、野末の脳裏には突如、死体の背中に刺さっていた銀色の槍が閃《ひらめ》いた。昨日、徐々に高度を増す太陽の光りを照り返し、神々しく屹立《きつりつ》していた棒を、いつの間にか野末は「槍」という名称で呼び始めている。

しかしそれは戦国時代などに使われた槍とは似ても似つかないシャープでモダンな色合いに包まれていた。初めて見る形状であったが、どちらかと言えば、ドライバー用のウッドと似ていなくもない。シャフトのあたりの感じがそっくりだったが、もっと太く、はるかに長い。地中に沈んでいる柄の部分を含めれば、全長三メートル近くになるのではないか。

ごく自然に、野末は、陸上競技のやり投げで使われる槍を連想していた。中学高校と陸上競技に縁はなく、もちろん現物には触れたこともない。

インターネットで調べれば、やり投げ用の槍が写真で載っているかもしれない。野末は、陸上競技、やり投げなどの言葉で検索して、必要とする写真を呼び出した。

やがてディスプレイに映し出されたのは、女性アスリートによって今まさに投擲《とうてき》される瞬間の槍であった。長さも太さも申し分なかった。槍の中央部分にはピンク色のグリップがあって、アスリートの手に収まっている。死体に刺さっていた槍にも、背中の上三十センチの位置に、同色のグリップが巻かれてあった。

……まちがいない。

野末は、昨日から気になっていた槍の正体が摑《つか》めたことを確信した。陸上競技で使われる、やり投げ用の槍である。

4

夕暮れの迫ったゴルフコースは、昨日とはまるで違った雰囲気を漂わせ、気温も一段と下がったように感じられた。

プレイを終えて帰るグループが数組、クラブハウスのロビーにたむろしている。スコアが悪かったのか皆の表情には活気がまるでない。

暗いムードをもたらしているのは、ゴルフとは場違いの格好をしたひとりの老婦人だった。紫色のシェイプ・コートを羽織り、頭にストッキング・キャップを載せて、年齢の割にはお洒落《しゃれ》なのだが、皮膚に色艶《いろつや》がなく、身体全体が異様にやつれて見える。枯れ果て、今にも枝先から落ちそうな葉の風情を身に纏《まと》い、その場にいるすべての人に謝罪するかのように、頭ばかりを下げていた。

老婦人は、カウンター越しに、ゴルフクラブのマネージャーと会話を交わしていた。野末の立つ公衆電話のコーナーからでは、彼らが話している内容は聞こえない。老婦人はしきりに頭を下げ、菓子折りのような箱を差し出している。マネージャーは神妙な顔で箱を受け取り、しきりにうなずいているのだが、本心では迷惑がっているのが読めた。

……あのマネージャー、ばあさんをさっさと追い払いたいと思ってやがるな。

老婦人が源となって、ロビー全体に暗さが伝染して、じっとりと落ち込んでいる。

野末はそんな様を目の端でとらえながら、テレホンカードを取り出して、電話の差し込み口に挿入した。瑞江の番号は携帯電話に登録されていたが、電波の状態があまりよくなく、公衆電話を使うことにしたのだ。

「おう、瑞江か。おれだ」

相手が出るとすぐ、野末はだみ声を上げた。

ここに到着したのはつい三十分前で、着くやいなやマネージャーやキャディをつかまえて、喋りかけてばかりいた。昨日の事件に関しての情報を得るため、だれに対しても腰を低く、かん高い声で丁寧に話しかけていたが、瑞江となると急に普段の調子を取り戻して、声のトーンは下がり、巻き舌になる。

「なあんだ、和己か」

瑞江は明らかに寝起きの、間延びした声を出す。

「け、眠そうな声出しやがって、結構なご身分じゃねえか。おまえ、そろそろ店に行く時間だろうが」

「たまには同伴してよ」

肉体関係ができて二年もたつクラブのホステスと、なぜ同伴する必要があるのか意味がわからず、野末は話を逸《そ》らした。

「おれ、今、昨日のゴルフコースに来てんだけどよお」

「好きだねえ、あんたも」

「プレイしてんじゃないぞ。昨日の事件を調べるためだ」

「で、何かわかった」

そのときまでに少なからず情報は集めていた。被害者は高崎市在住の山中秀明《やまなかひであき》六十五歳、以前にこのゴルフクラブの会員権を所有したことのある人間である。

「それがちょっと変なんだ。おれが見た死体と、キャディやマネージャーが見た死体と、どうも様子が違っているみたいなんだ」

「どういうこと?」

「背中に突き刺さっていた槍《やり》のことを訊《き》いても、話が通じなくてさあ」

「そのことだけどさあ」

受話器の向こうで、瑞江がもぞもぞと身体を起こす気配がする。

「なんだ?」

「あんた、昨日、しきりに槍、槍って言ってたけど、あたし何のことだかわからなくて……」

野末は口を開いたまま、しばらく言葉が出なかった。

野末は、瑞江も自分と寸分違《たが》わぬ同じ光景を見たとばかり思い込んでいた。だから、敢《あ》えて槍の形状等に関して、話題にすることもなかった。それが、彼女まで、キャディやマネージャーと同じく、槍の存在を否定するようなことを言う。

そもそも今日ゴルフコースに来たのは、所轄署の副署長が自殺と言い張ったからである。見え透いた嘘の原因を探るためではなかったか。

ところがここにきて、事態は奇妙な方向にねじれ始めた。

……ひょっとして、あの狸おやじ、本当のことを言ったに過ぎないのか。

野末がゴルフクラブの人間に聞いた限り、山中という男が自殺したことに異議を唱える者は、だれひとりいない。

「ねえ、どうしたのよ。急に黙り込んじゃって」

「あ、いや。いいんだ。もう切るよ」

野末は神妙な面持ちで、受話器をフックに置いた。

ひょろりと痩《や》せた身体を猫背にして、しばらく同じ格好のまま動けないでいた。必死で思考力を働かせようとするのだが、脳が機能を停止してしまったかのように、まるで何も思い浮かばない。自分がだれであるかさえ忘れてしまいそうだ。二重人格の一方の人格がしでかしたことを、もう一方の人格が忘れてしまったというのに近い。

ふと背中に視線を感じて、野末は振り返った。

ソファに座った老婦人が、空《うつ》ろな目をこちらのほうに漂わせている。凝視しているのではない。何を見るでもなく、焦点の定まらない視線を、気怠《けだる》げに投げて寄こすだけだ。

瑞江のところに電話をかける前と今と、時間経過はほんの数分に過ぎない。にもかかわらず、ロビーの様子は一変してしまっている。天井から釣り下がったシャンデリアは光量を抑えて、陰影に富んで重厚なムードを演出している。野末には暗すぎるように感じられたが、この色合いを落ち着いていると表現する人間も確かにいるだろう。

そんな暗いロビーから人間がいなくなっていた。いつの間に消えてしまったのか、ついさっきまで三々五々たむろしていたゴルフ客の姿はなく、老婦人だけがひとり、おいてけぼりをくったように、ぽつんとソファに腰掛けている。カウンターの中に、マネージャーの姿さえなかった。

野末は、カウンターに歩み寄り、オフィスに声をかけた。先ほどのマネージャーが顔を出すと、野末は、ソファの老婦人をこっそり指差しながら、低く尋ねた。

「あの人、だれ？」

マネージャーは顔を野末の耳元に寄せ、小さく答えた。

「昨日、亡くなられた方の、奥さん」

「なるほど」

野末は一瞬で事情を悟っていた。ゴルフコースの池で自殺した夫の不始末を詫《わ》びるため、菓子折り持参で、高崎から出てきたに違いない。

「タクシーを呼びましょうかと訊いても、黙って首を横に振るだけなんですよ。自家用車で来ているわけじゃないのにねえ」

マネージャーはさも困っているというふうに、声を落とす。山間《やまあい》のゴルフコースに公共の交通手段はなく、どうやって帰るつもりなのだろうかと心配していると言う。

野末は、カウンターに肘《ひじ》をついた格好のまま、ロビーを振り返った。老婦人は、茫《ぼう》然《ぜん》自失として、さっきと同じく、公衆電話のあるコーナーに顔を向けている。

このまま帰るわけにはいかなかった。原因を究明する必要があった。不可解な現象を、不可解なまま放置できるものではない。

野末は、カウンターを離れ、ゆっくりと絨毯《じゅうたん》を踏みしめながら、老婦人のほうに近づいていった。あと数歩の位置で立ち止まり、老婦人の顔をまじまじと見つめる。どこかで一度見た顔のように思えた。どこにでもある平凡な造りで、印象的な顔ではない。若い頃であっても、美人と言われたことは一度もないだろう。

野末は、ここのゴルフ客だと自己紹介して話しかけ、

「もしよろしかったら、ぼくの車で富岡の駅までお送りしましょうか」

と、申し出た。

富岡ではなく、その先の高崎まで送ってあげてもよかった。ただし車の中で、夫の死因に関する情報を聞き出せるならという条件付きである。

「どうもすみません。達磨寺《だるまじ》のすぐ手前なんです」

辞退するかとも思われたが、老婦人は、誘いを受けた上に、ずうずうしく家の位置を告げてきた。帰りたくても、タクシー代がなく、困り果てていたに違いない。

達磨寺は上信電鉄の上州富岡駅を越え、県道をさらに十キロほど走ったあたりだ。遠回りにはなるが、そのまままっすぐ進んで前橋インターから関越道に乗れば、時間のロスは少なくてすむ。

野末は、荷物があるのなら持ってあげようと、彼女のバッグ類をソファの横に探した。しかし、ソファの上にも、足下にも何も置かれてなかった。持ってきたのは菓子折りのみ。それを渡してしまった今、彼女はまったくの手ぶらだった。

5

上州富岡の駅を越える頃になって、野末は、山中初代《はつよ》を助手席に乗せたことを後悔し始めていた。急ぎの用ができたからと嘘をつき、駅で降ろしてもよかったのだが、もはや機会は逸してしまった。この先、再び道は寂れた山道となる。

ここまでの道程で聞き出せたのは、夫が自殺した理由ぐらいであるが、あまりの平凡さに聞いているほうがうんざりするほどだ。株式会社の体裁で塗装業を営んでいて多額の借金を抱えて経営に行き詰まり、街金《まちきん》に手を出してからはまさに絵に描いたようなお決まりのコース、強面《こわもて》の借金取りに追い立てられてにっちもさっちもいかなくなってしまった。いつかこんな日が来ることを覚悟していたらしく、三年前から高額の生命保険に入って、死んだ後の借金返済を密《ひそ》かに目論《もくろ》んでいたようだ。

緑が丘ゴルフクラブにある池のほとりで睡眠薬を飲んだのは、そこが、彼が初めて会員となったゴルフクラブだったからに他ならない。長年働きづめに働いて、念願のゴルフ会員権を手に入れたときの喜びようはなかったという。時はバブル経済の真っ盛り、仕事の依頼は面白いように来た。しかしまた、借金がかさんで真っ先に処分したのも、その会員権であった。

……まったく、どこかで聞いたような話ばっかじゃねえか。

野末は胸のうちで舌を打つ。

ところが、ふと漏らした山中の一言によって、話の流れは自分のほうに向かい始めたのだった。

「主人が借金を抱えたのも、もとはといえば、娘のせいなんですけどね」

「娘さん？」

「ええ、あの子、もういませんけれど」

娘を持っていたのは遠い過去のことらしく、悲しみを引きずっているわけではなかった。

山中は淡々と、東京でＯＬをしながらひとり暮らしをしていた娘が、サラ金に借金を重ねた揚げ句実家に逃げ帰ってきたときのことを話した。そうして、娘が作った借金を肩代わりしたことが、主人の会社が傾く原因となったこと……。

野末は、嫌な思い出を記憶から引き上げかけ、ごくりと唾《つば》を飲んで目を助手席から逸《そ》らした。最初に山中を見て、どこかで会ったことがあるような気がしたが、その訳がわかりかけてきた。

日はすっかり暮れようとしている。稜線《りょうせん》に残るかすかな赤味もあと十分もすれば消えてしまうだろう。

前方に現れた三叉路《さんさろ》を右にとりながら、バックミラーに目をやる。道路は空《す》いていて、後ろからついてくる車は一台もない。なだらかにカーブする山道がどこまでも続いていた。斜め前方の丘の下に、別のゴルフコースが現れてきた。この辺にはゴルフコースがやけに多い。たぶんゴルフコースを作るのにうってつけの場所なのだ。

前方に赤いテールランプが見えたかと思うと、先行車との距離は徐々に詰まっていく。前の車両はずいぶんゆっくりとした速度で走っているようだ。

結婚した年のことだからよく覚えている。十二年前、野末は二十九歳であった。彼女は確か二十三歳だった。この何年間か、彼女のフルネームを記憶の淵《ふち》から釣り上げたこともなかった。沼の底で発生した泡に内包されて浮かび上がり、水面で破裂するや中からぽんとその名前が飛び出してくる。

……山中いち。

女性にしては実に変わった名前だった。一体どんな親がこんな名前をつけたのかと思えば、横に座っている老婦人というのだから呆《あき》れる。

当時、野末は主に英会話教材のセールスの仕事に就いていた。給料は完全な歩合制で、口八丁手八丁の野末の性に合って、普通のサラリーマン以上の収入を得ていた。そうして彼の収入を支えたひとりが、高額英会話教材の買い手のひとりが、山中いちであった。

野末は、業界のつながりで回ってきた名簿をもとに、ひとり暮らしの彼女のアパートに電話をかけ、言葉巧みに喫茶店に呼び出して、熱心にセールスを展開した。

初対面の印象を野末はよく覚えている。テーブルを挟んで前に座ったのは、いかにも山出しといった、地味な女性だった。背が高く、身体もがっちりして、胸も大きい。男好きのする顔で、全体的にボリューム感に溢《あふ》れている。だが、とにかく田舎臭さが抜け切らない。愛嬌《あいきょう》のあるくりっとした目がおどおどと動き回ったかと思うと、じっと一点を見つめて、据わるところがあった。そのせいで、相対している人間に、何を考えているのかわからない女という印象を与える。

五十万円近い高額商品のため、なかなか決意までに至らず、野末は二回三回と彼女を喫茶店に呼び出すことになった。彼女にしてみれば、生まれて初めての高価な買い物である。海外旅行への憧《あこが》れは強く、英会話上達への興味は強かった。できれば得たいと思うのも無理からぬことだ。もちろん即金というわけにはいかない。ローンを組んで、買うしかなかった。

契約の印鑑を押させた夜、野末は、達成感で気分が高揚し、食事に誘ったはずみで、彼女を抱いてしまった。酒に酔った上のハプニングとしては最悪の部類で、ホテルにチェックインするやいなや後悔し始めたほどだ。行為を終える前と後で、彼女の態度はがらりと変わり、突如猫撫《ねこな》で声で野末の耳元に甘く囁《ささや》き始めた。処女というわけではなかった。しかし、男を喜ばせる愛撫《あいぶ》をどんなに繰り出したところで、経験の乏しさはお見通しで、しなだれかかられるだけで野末はうっとうしいと感じた。

次に会ったとき、母に作り方を教わって焼いてみたのと、アルミ箔《はく》に包んだパウンドケーキを手渡されたときは、気持ち悪さのあまり、中身も見ずにごみ箱に捨てたものだ。

結局抱いたのは一度だけだった。以後、肌を触れ合わせることはなく、関心がないことを態度でわからせたつもりだった。だが、彼女はなかなか真意を読み取ろうとせず、つきまとうのをやめなかった。

野末は苛立《いらだ》ちを募らせ、彼女を売り飛ばすことに決めた。セールスをかければ落ちやすいという烙印《らくいん》を押した上で、彼女の名前をトップに載せた名簿を同業者に売り渡したのだ。売った中には、ローン返済に窮した場合を想定して、金融会社がしっかりと含まれていた。借金で首が回らなくなれば、いずれ都落ちするという読みは見事に当たり、一年足らずで彼女は野末の前から姿を消すことになった。

実家に戻った娘の借金を肩代わりした父親は、それがもとで商売を傾かせ、自殺に向かってまっしぐらに歩くわけだが、その第一発見者が自分であるという偶然に、野末は、驚かざるを得なかった。原因があって結果があるという因果をたどれば、父親を自殺に導いたのはまさに自分ということになる。事象が事象を生み、連環へとつながっていく運命の先端に、しっかりと自分の足跡が残されていた。

奇妙な偶然に言葉を失ったまま、血の気の引いた顔をフロントガラスに近づけていった。先行する車の赤いテールランプがすぐ前に迫っている。緑色の軽トラックで、荷台には道路工事で使われる細長い杭《くい》の束がロープで括《くく》られて積まれている。

山中は突然、ふっと笑い声を漏らした。

「まだいっちゃんが生きていた頃、うちの人ったらよく言ったものですよ。いくらやり投げの選手だったからって、投げやりな人生を送ることはないだろうって」

笑うどころではなく、野末は顔を引きつらせていった。山中いちがいつどのようにして死んだか、そんなことはどうでもよかった。自分とは関係ないと突き放すだけだ。敢《あ》えて訊《き》きたくもない。ただ、ここでやり投げという言葉が出てくるとは思いも寄らなかった。

「お嬢さん、やり投げの選手だったんですか」

「ええ、高校時代、陸上部で。インターハイには行かれませんでしたけれど、地元ではまあ、頑張ったほうじゃないかしら」

野末は思い出す。ベッドに横たわり、豊満な身体をシーツで包んで、彼女はちょっと自慢気に囁いた。

……わたし、高校時代、陸上の選手だったのよ。

興味もなくそれ以上は訊こうともしなかった。考えてみれば、女性にしてはやけに肩と腕の筋肉が発達していた。特に右腕が発達していて、左腕との差は歴然だった。

前を走る軽トラックのブレーキランプが光った。禍々《まがまが》しい赤いランプに、野末は過剰反応して、急ブレーキをかける。衝撃で、野末と山中の身体がぐっと前に倒れた。

野末の視線は軽トラックの荷台にある杭に集中していった。斜めに立てかけられた杭の先端が自分のほうを指している。いつの間にか槍《やり》のように見え、さらに槍の照準が合わされているのは、自分の胸のような気がしてくる。

荷台にある一本が、フロントガラスを突き破って、今にも胸を刺し貫くのではないかというイメージに襲われた時、野末は吐き気を覚えて、車を路肩に寄せて停止させた。左ハンドルのため、ドアを開けるとすぐそこには道路脇の溝がある。野末は、シートに座ったまま上半身を倒し、胃から溢れるものを溝の中に吐いた。

吐いても吐いても、腹の底から不快感が込み上げ、眼球の周囲に涙が溢れてくる。口の端から垂らした唾液《だえき》をシャツの袖《そで》で拭《ぬぐ》い、助手席に目をやると、月に照らされて青白く光った山中の顔があった。彼女は心配そうに覗《のぞ》き込んでいたのかもしれない。だが、野末には、彼女がかすかに笑ったように見えたのだった。

野末は、車から降りて反対側に回ると、助手席のドアを開けて山中の手を摑《つか》んだ。

「降りろ、このくそばばあ」

怒りがどこから発生してくるのかわからない。くだらない好奇心を起こして、こんなところまで来てしまった自分が情けなくなる。これから先、何度妄想に苦しめられることになるか。野末には、夜ベッドで眠っていて、槍に背中を貫かれる悪夢を見る自分が、予想できてしまうのだ。一度では済まない、繰り返し繰り返し、悪夢は襲ってくる。

野末は、山中を道路に引きずり出し、冷たいアスファルトに転がして、その場に唾を吐く。

「恩をあだで返しやがって、このばばあ、自力で帰れ」

捨て台詞《ぜりふ》を残し、彼は運転席に戻って車を発進させた。

山中は自分の身に起こったことが理解できないのか、ペタンと尻餅《しりもち》をついたまま、怯《おび》えた視線をせわしなく動かしている。その目つきが、娘にそっくりだった。

しばらく走り、バックミラーから山中の姿が消えても、胸の激しい鼓動は治まらない。先行車も後続車もなく、山間《やまあい》の道を走る車は一台だけだ。

野末は、背後が気になってならなかった。なぜか背中の中心がもぞもぞと痒《かゆ》くなる。何度目かにバックミラーを覗いたとき、闇を引き裂くような勢いで飛来する銀色の輝きを、そこに認めた。最初のうち、針の先端ほどの点であったが、徐々に大きくなって、槍先の鋭さまで見分けられるようになっていた。シャフトは、月明りを照り返して、美しいといえるほどに艶《つや》やかだ。

槍の先端は背中にぴったりと焦点が合わされていた。

「お願いだ。やめてくれ」

野末は短く悲鳴を上げ、シートから背中を離して身体をおもいっきりよじるのだが、その間にも背中の痒みは増してゆく。

前方にはカーブが迫り、谷の黒い切れ間が弓形に口をのぞかせている。もはや野末の目は前方に注がれることはなく、背後から迫り来る槍に全神経が集中されていった。

谷底は目前である。にもかかわらず、野末は、槍に追い立てられ、上半身をハンドルに押しつける不自然なかっこうで、アクセルをふかした。

タクシー

1

その日の夕方、詳子《あきこ》がタクシーを拾ったのは、目黒川にかかる橋の上だった。大鳥《おおとり》神社に寄ってからJRの駅に向かって歩く途中、予期せぬ雨が降り出し、これからもっと雨脚が強くなるだろうかと空を見上げたところに、ちょうど空車のサインを出したタクシーが通り掛かり、なぜか彼女の横に車を寄せてきた。雨をよけるため頭に載せていた片手をふわりと降ろしたのを、停車の合図と勘違いしてタクシーは止まったものと思われる。

その手の甲を口に当て、

「えっ」

と、躊躇《ちゅうちょ》したのはほんの一瞬だった。詳子は誘われるように、開かれたドアからリアシートに身体を滑り込ませ、青山一丁目付近を行き先として告げていた。

雨さえ降ってなければ、タクシーに乗るつもりはなかった。

行き先を聞くか聞かないかのうちに、ドライバーは返事もなく車を発進させた。目的地がどこなのか、聞かずとも知っているとでもいうような走り出し方に、詳子は、ムッとして斜め後方からドライバーの横顔を睨《にら》みつけた。

眼鏡をかけた男は、三十歳前後の若さである。街路灯の仄《ほの》かな明かりに照らされ、剃《そ》り跡の青々とした左顎《あご》が背もたれ上に浮かぶだけで、それ以外の表情をうかがうことはできない。チェックのシャツにカーディガンを羽織って、こざっぱりと清潔そうな服装だったが、被《かぶ》っている帽子の庇《ひさし》が目のあたりに暗い影を落としていた。バックミラーを覗《のぞ》き込んでも、角度が悪いためか、鏡の大部分は帽子に占められ、顔がまったく見えない。首筋から耳のラインが華奢《きゃしゃ》で頼りなく、異様に白い皮膚から血管が浮き出ていた。どこか神経質そうな気配を漂わせる横顔である。

文句を言うつもりなどさらさらないし、言いたくても言えない性格だった。詳子は、気分を変えようと窓に顔を近づけ、暮れてゆく街並みに目を向ける。一年でもっとも日の短い季節……、五時を過ぎればすぐに夜が訪れる。降り始めたばかりの雨は、路面をつるつると黒く濡《ぬ》らしていた。

特にこの一週間、夜になるのが早く感じられてならない。一週間前の午後九時四十七分を境に、夜の持つ意味ががらりと変わってしまった。それまで、夜の長さを引き延ばすのは、そのまま快楽を長引かせることであった。濃く、長く……。しかし、今、夜はむやみに寂寥《せきりょう》感を際立たせるだけの時間と成り果てた。特に雨の夜には憎しみさえ覚える。

不意に、オレンジ色の明かりを受けて、車内が同色に瞬いた。タクシーが目黒トンネルに入ったようだ。

目黒駅付近から青山一丁目に向かう場合、ルートはふたつ考えられる。ひとつは、目黒通りを首都高速二号線に沿って左折し、外苑《がいえん》西通りを北上するルート。もうひとつは桜田通りを北上して、六本木トンネルをくぐるルート。どちらでも構わないからと、道順の選択はドライバーに任せたつもりだった。そもそも彼は何も訊《き》こうとしなかった。白金台《しろかねだい》の自然教育園を右手に見て通り過ぎ、トンネルに入ったことから、詳子は、外苑西通りを北上するコースにいることを知った。

トンネルを抜けてふたつ目の交差点で、タクシーは赤信号で停まった。すぐ左横には、広尾《ひろお》病院の門が見える。

一九六八年の十月の終わりに、詳子はこの病院で生まれた。伯母《おば》がここの看護師をしていて、何かと融通がきくということもあり、母は一も二もなく初めての子どもをここで産むことに決めたらしい。

大病院に入院する必要もないくらいの安産で、詳子は、大きな病気をすることもなく成長し、つい二週間前に三十五歳の誕生日を迎えたのだった。

信号が青になり、ドライバーがアクセルを踏み込もうとしたところで、携帯電話の着メロが鳴った。詳子のものではない。コンソールボックスにほうり込まれていたドライバーの携帯電話が、単調に、暗い調子の曲を奏でている。古い演歌なのだろうか。詳子には聞き覚えのないメロディだった。

今の詳子には車中で鳴る携帯電話が耐えられない。どうしても、一週間前の事故が連想されてくるからだ。

……早く鳴り止んでくれないかしら。

身体を硬くしていると、ドライバーはディスプレイのナンバーを見もしないで電源を切り、携帯電話を無造作にコンソールボックスに投げ戻した。一度たりとも携帯電話に目をやらない態度には、相手がだれか知っていて、無視するかのような冷たさがある。

広尾駅前の交差点までの道が、雨の夕方のせいか、多少混んでいた。動いては停まり、停まっては動くタクシーの中、詳子の胸は、車の流れに呼応するかのように、強く弱く、動悸《どうき》を繰り返した。

バッグに手を伸ばし、ハンカチを取ろうとしたところ、ストラップが絡まって、一緒に携帯電話が引き出されてきた。

……これさえなかったなら。

雨の夜、そして携帯電話。憎しみの対象を手に握りながら、詳子はしかし、着信履歴に残っている番号を呼び出していた。着信履歴にも発信履歴にも、同じナンバーがいくつも並んでいる。

……夢でもいい。お願いだから出てちょうだい。

胸に祈りながら相手の顔を脳裏に浮かべた。

あのあと、彼の携帯電話がどうなってしまったのかわからない。仕事で野外を飛び回っていた彼は、常に防水タイプの携帯電話を愛用していた。クラッシュの衝撃で壊れたならともかく、たとえ雨の中に放置されたとしても支障はないはずだ。ただ、この一週間待ち受け状態のままに放置され、電池が残っているのかどうか……。

詳子が興味半分で通話ボタンを押すと、呼び出し音が鳴り始めた。試すのはこれが初めてである。この一週間、やってみようかしらと、思いつきもしなかった。

電話としての機能が失われているわけではなさそうだ。一体どこで鳴っているのだろう。車内に携帯電話は残されておらず、遺品として届けられた段ボール箱の中身のほとんどは、彼の商売道具であるカメラと付属する器材だった。衝突のショックでフロントガラスが割れ、携帯電話だけが外部に放り出されたという可能性もある。とすると、彼の電話は今ごろ、房総半島の西側のど真ん中、国道一二七号線を山側に入ったあたりの草むらでぶるぶると身を震わせているのかもしれない。彼の好きだった『風になりたい』を口ずさみながら……。

呼び出し音が四回鳴り終わると、女性のアナウンスに替わった。

「留守番電話サービスに接続します」

すぐ後に男の声が続いた。

「はい、こちら久保田智彦《くぼたともひこ》。ただいま電話に出られません。ご用の方はメッセージをお残しください」

詳子は息をつめた。抵抗する間もなく、彼と過ごした日々がフラッシュバックのごとく脳裏に甦《よみがえ》っていった。この声によって何度耳元で愛を囁《ささや》かれたかしれない。この唇で受けた愛撫《あいぶ》は、脳というより肌の記憶として、細胞に焼きついている。しかし、思い出は思い出に過ぎず、二度と現実の肉体を伴って再現されることはない。

一瞬でそれを悟ると、詳子の瞼《まぶた》の上下から涙があふれ、滴が、左手で摑《つか》んでいたバッグのバックルのあたりにぼたぼたと音をたてて降り注いだ。

「ひっ」

と、小さくひとつだけ嗚咽《おえつ》を漏らし、詳子は、ルームミラーの死角に移動してハンカチで鼻を覆い、下半身からせりあがってくる震えに必死で耐えた。そっと運転席に目をやると、ドライバーは何も気づいてないかのように微動だにせず、背後を気にする素振りも見せない。

智彦の留守電メッセージが、耳の奥で繰り返されている。

……ただいま電話に出られません。

いつか出てくれるというなら、何度電話しても構わない。

……でも、永久に出られないじゃない。

泣き言は肝に落ち、腰のあたりに溜《た》まっていった。

そのとき、タクシーは広尾の交差点を右に折れて有栖川《ありすがわ》記念公園に沿った小道へと入っていった。なぜこんな狭い道に入るのか……、詳子には、目的地に向かうルートからタクシーが少しはずれてしまったように思われた。

2

久保田智彦を初めて見たのは二年前の夏、場所は今タクシーで通過しつつある有栖川記念公園沿いの小道だった。

その日、詳子は、南麻布にある夫の実家に寄り、姑《しゅうとめ》がヨーロッパ旅行のおみやげとして買ってきたキャビアを受け取ってから、広尾駅に至る長い下り坂を歩いていた。

夏の昼下がりで、歩行者の影は少なく、唯一、反対側の歩道のずっと先のほうで、黒っぽい服装の男がしゃがみ込み、開いたケースから何やら取り出しているのが見えた。男の頭上には公園の木々が覆い被さり、その一角にだけ、特に激しく蟬の声が降り注いでいた。

……息子の大好物のキャビアを買ってきたから取りにいらっしゃい。

姑から呼ばれて行ってみると、キャビアは口実に過ぎず、顔を見るなり、早く孫の顔が見たいと嘆かれてしまった。結婚して三年が過ぎたというのに、なぜ子どもを作らないのかと、くどくどと責められ、しまいには友人から不妊治療の専門医を紹介されたから行ってみなさいと、あたかも子どもができないのは詳子の肉体的欠陥のせいと決め付けるような言い方が癪《しゃく》に障り、心の中でそっと、（あなたが自慢のマザコン息子の身体になんか、わたしこのごろ、触りたくもないの）と舌を出すだけで口答えはできず、早くこの嫌な時間が過ぎないかと生返事を繰り返し、用事があるからと早々に退散を決め込んだのがほんの十分前。夏の暑さに加え、悔しさや精神的な疲れで身体は萎《な》え、そのときの詳子は背後から見て格好の餌食《えじき》と映ったに違いない。

オートバイらしきエンジン音を意識したかしないかのうち、すぐ横で空吹かしによる爆音が二度起こり、あっと思った瞬間、右肩が強引に前に引っ張られてつんのめりそうになった。最初のうち何が起こったのかわからなかった。轟音《ごうおん》と疾風を浴びせた後、ふたり乗りのオートバイが傍らを通り過ぎていく。リアシートにまたがった男が、ヘルメットの上でルイ・ヴィトンのバッグを振り回しているのを見て、詳子は初めて、ひったくりにあったことを知った。

無意識のうちに声が出て、一拍遅れて周囲に事情を訴えていた。

「助けて」

「ひったくり」

　すると、反対側の歩道にしゃがみ込んでいた男がすっと立ち上がり、開いたケースから素早くカメラを取り出し、顔の前で構え、走り去るオートバイに焦点をあて、堂に入った動作でシャッターを押し始めた。詳子はオートバイの行方と、左手でズームを絞ってシャッターを押す男とを交互に見やりながら、次第に視線をカメラの男のほうに固着させていった。

　黒っぽい服装と見えたけれど、黒いのは革のパンツだけで、上半身は白いTシャツをまとっている。男は、半身の姿勢で身体を回転させ、絶対に逃がさないという気迫で対象を正面に捉《とら》え続けた。シャカンシャカンシャカンと小気味よくシャッターを切る姿は、狩人《かりゅうど》が獲物に向けて矢を放つときの精悍《せいかん》さにあふれている。ファインダーを通して彼が切り取る風景が、詳子の脳裏にも浮かぶようだった。

　逃げ去るオートバイのふたり組は、ヘルメットを被《かぶ》っていた上に、ナンバープレートに粘着テープを貼っていたが、写真から採集された情報が大いに役立って一週間後には逮捕された。

　バッグを取り戻した詳子は、警察を通して、写真を撮った男の名前が久保田智彦であることを知った。フリーカメラマンの智彦は、「都会の真ん中で鳴く蟬」というテーマで写真を撮るために有栖川記念公園を訪れ、詳子のバッグがひったくられる現場に偶然居合わせたのだった。

お礼かたがた電話をかけてみると、詳子の容姿を覚えていたらしく、いきなり被写体になってくれないかと頼まれてしまった。面食らって、言葉を失っているうち、あのとき路上でカメラをセットしながら、反対側の歩道から歩み寄ってくる詳子を意識していたのだと打ち明けられた。

「力なく坂道を下るあなたは、降るような蟬の声に飲まれ、はかなげに夏の風情を漂わせていて、ぐっときちまった」

ほとんど初対面といえる相手から「ぐっときちまった」と言われ、不躾《ぶしつけ》な男だなと思いつつも、詳子は、獲物を追いながらシャッターを押したときの姿が忘れられず、被写体になることを承諾し、それをきっかけに彼との付き合いが始まったのだった。

3

女子大の文学部を出て丸の内に勤めるＯＬになり、母に勧められるまま、ほとんど見合いも同然に、一流大学出のエリート銀行マンと結婚した詳子は、普通に暮らしていれば、智彦のような男と出会う機会はまずなかっただろう。夫婦の交友関係の中に、ひとりとして彼と似たタイプの者はいなかった。

バイクの無免許運転が見つかって高校から退学処分を食らった智彦は、アルバイトしながら写真の専門学校に通って技術を身につけ、出版社の専属カメラマンを経てフリーとなり、中近東などの紛争地域への取材も厭《いと》わないカメラマンとして業界で名の知られた存在だった。デートで連れていかれる店は、エスニックふうのどこか怪しげなところばかりで、常連客も同様に国籍不明な雰囲気を漂わす者が多い。詳子は、見たこともないような世界に連れていかれ、会ったことのないような人間たちに紹介されるたび、血管が波打つような興奮を味わったりした。いくら海外旅行をしたところで、これほどの異世界は垣間《かいま》見られないと思えるほど、智彦の人脈は多岐にわたっていてわくわくする。かつて傭兵《ようへい》部隊にいたという男は、ぶかぶかのチノパンツの裾《すそ》を大胆に上げ、地雷で吹き飛ばされてえぐれた大腿《だいたい》部を見せてニッコリとウィンクし、アフガニスタンへの取材にボディガードとして同行した男は、最高の友人だと喚《わめ》きながら、智彦の肩を平手で叩《たた》くのだった。

三年前に離婚して、その時三十九歳。ふたりの子どもに養育費を送って金の余裕がないのか、連れていかれる店はいつも安いところと相場が決まっていた。また、高級レストランほど彼の趣味にそぐわない場所もない。入るにふさわしい洋服を一着として所有していないのだから、行きたくても行けない道理である。

中肉中背、ひき締まった身体の智彦は、いつも革製の服を愛用していた。色は黒と決まっていて、派手な原色を身に着けることはまずなかった。顔の下半分を覆う髭《ひげ》を、無精髭と呼ぶのは間違っている。坊主同然の短い頭髪は自分の手でバリカンで刈って無頓着《むとんちゃく》この上ないが、髭だけは毎週一回いきつけの床屋に通って、入念に手入れをさせていた。常に同じ長さに髭を保ち、被写体のポーズに悩んだりすると、手の甲で顎《あご》から頬へと撫《な》で上げる癖があった。

カメラマンらしく、指は細く長く、動きはしなやかだった。シャッターを押すときも、髭を撫でながらイメージをクリアにするときも、彼の思考を象徴するかのように縦横無尽に指が動き回るのだ。

三回目のデートに誘われたとき、詳子は、今晩こそは智彦と一線を越えてしまいそうな予感を持った。何をしだすか予想できない男の、強引な行為に対処する術《すべ》はなく、詳子は、成り行きに任せようと覚悟して彼の後についていったのだが、あっけなくその夜は友人との約束が入ったからと、夕食後すぐに解放され、ほっとするのと落胆と、相半ばする思いを抱えたまま、電車で祐天寺《ゆうてんじ》のマンションまで帰ることになった。

とりわけ不倫願望が強かったというわけではない。女性の友人たちと話していて不倫に話題が及んだときなど、むしろこれに否定的な意見のグループの一員と見なされることが多かった。詳子と似た生活環境にいる主婦たちはみな、嘘か本当か、不倫に走る妻の気が知れないと嫌悪感も露《あらわ》に芸能人のスキャンダルを批判し、返す刀で夫の浮気は絶対に許さないと息巻いて共同戦線を張る構えを見せる。途中から話についていけず、詳子は、相槌《あいづち》を打ちながら、ああこの人たちとはどこか違うなと、違和感を覚えたものだ。

その頃の詳子にとって、結婚後一年を経て激減した夫との肌の触れ合いは、求められても苦痛でしかなかった。夫も妻の気持ちを察して、互いに避け合うようになっていた。不倫が嫌なのではない。夫との間で交わされた行為にいい思い出がなく、他の男も似たようなものだろうと決め付け、敢《あ》えて近づかないようにしていただけなのだ。快楽の味を知らない詳子に、性に溺《おぼ》れる女の気持ちが理解できるわけがなかった。

一線を越える予感もないまま四回目から九回目までのデートを無難にこなし、十回目で連れていかれた西麻布のバーで、智彦が語る内容がこれまでと微妙に変わってきた。それまで、詳子は聞くほうに回り、世界中を渡り歩いて希有《けう》な経験豊富な智彦の引き出しから、一枚一枚カードを引き抜いて面白がるという役に徹していた。智彦も、聞き上手な詳子を前に気持ちよく喋《しゃべ》って、仕事のストレスを発散するかのように見えた。ところが、その夜、智彦は、執拗《しつよう》に詳子の話を聞きたがった。

どこで生まれ、どんな両親に育てられ、どんなことをしてきたのか、夫はどんな人間なのか、現在の生活に満足しているのか……、聞きながら彼は「うんうん」と頷《うなず》き、カウンターの下で脚を寄せてくる。さして語るべきこともない平凡な身の上話だったが、智彦は、興味津々で耳を傾け、一通り語り終わった詳子の耳に口を近づけて、こんなふうに言ったのだった。

「大きなことじゃなくて、構わない。何かを成し遂げようとしてごらん。きみなら、できる」

そんなこと、これまでだれからも言われたことがなかった。子どもの頃は、絵の才能があると思い込んでいたけれど、専門に絵を学ぶことは母に反対され、大学時代のアメリカ留学への夢は父の反対によってかなえられなかった。一流企業に勤めるエリートと結婚して娘に安定した生活を送ってもらうことだけが、両親の願いであり、それ以外は無駄なこととして退けられた。

夫も似たようなもので、家にある原付バイクに乗ろうとすれば危ないからよせと取り上げられ、英会話学校に入りたいと申し出ても、鼻でせせら笑うだけでまともに返事もしてくれなかった。でも、「ちょっとしたミスが命取りになる瞬間の連続の中でしか、本当にすばらしいショットは撮れないんだ」と語る智彦は、詳子に「何かを成し遂げようとしてごらん」と勧めてくれる。

力が湧き、かつてない高揚感に包まれた詳子の身体に智彦は手を回し、

「とりあえず、外に出よう」

と、バーの外に誘ってきた。

「どこに行くの」

訊《き》いても答えてはくれず、ぐいぐいと手を引かれて連れていかれた先は、深夜零時を回った頃の、青山墓地だった。

4

有栖川記念公園の横を抜けたタクシーはいつの間にか外苑西通りに戻り、西麻布の交差点を通過して青山墓地を目前にしていた。

三叉路《さんさろ》を右に折れて、霊園の奥が見渡せる小道を越えるあたりで、詳子は顔をぐっと窓に近づけた。しかし、古びた家の陰になって、あのときに寄りかかった桜の樹は見えない。当然だろうと思う。いくら深夜であっても、道路から丸見えの場所であんなことはできない。

二年前の深夜、西麻布のバーを出てから智彦に連れていかれたのは、青山墓地の南端にある民家の陰だった。周囲には桜の樹が多く、秋も深まる季節の中、すっきりとした枝振りを夜空に延ばすだけで、花見の頃とはまるで雰囲気が違う。夜陰に紛れて隠れているならいざ知らず、見える範囲内に人影はなかった。

智彦は、一際大きな桜の幹のもとに詳子を引っ張って、いきなり抱き締めてキスをし、唇を離すやいなや言った。

「来年の春、ここで花見をしよう」

「ええ、いいわよ」

大きく首を縦に振って見せると、智彦はさらに強く抱き締めてきた。

「次の年も、その次の年も、ここで花見をしよう。ふたりだけで」

何かを成し遂げられる人間であることを示さなければならない。主導権を握られる前に行動を起こすべく、詳子は智彦の股間《こかん》に手を伸ばしてジッパーを探った。しかし動きは彼のほうが早く正確だった。スカートの中に差し入れられた智彦の手は、ピンポイントでストッキングの一部を破り、その隙間からさらに奥に侵入して下着を引き裂き、裾の下から白い布切れだけを引き出してきたのだった。

手品師を真似た手つきで、智彦はかつて下着であった布をひらひらさせ、頭上に延びた桜の枝に布切れを結んでいった。おみくじのつもりなのか、結び終わると両手を合わせ、願いを込めてから、智彦は詳子の身体を幹に押しつけてきた。

そうして、ストッキングの隙間から入ってくる彼を、詳子はすんなりと受け入れたのだった。

帰る道々、詳子はかつてないほど軽やかな気分になっていた。下着も穿《は》かず、おまけにストッキングの一部には穴が開いたままだ。スカートに覆われて見えないだけで、今の自分はずいぶんと風通しがいい。こんな破廉恥な真似をするのはもちろん初めてのことだ。

終電に遅れまいと、地下鉄の駅に向かって歩きながら、詳子には、自分を取り巻く風景が一変してしまったように感じられた。夫との暮らしでは絶対に得られないものを、今この瞬間、手に入れられたような錯覚に陥っていた。

三十歳になろうとする寸前に、慌てて結婚した夫とは価値観がことごとく異なっていた。夫と一緒にいることに何か素晴らしい意味があるとは思われない。趣味といえば、原付バイクに乗って多摩川に釣りに行くことだけで、互いを高め合うこともなければ、共通の時間を過ごすこともない。しかし恐らく、夫のほうにはさしたる不満はないのだろう。彼はただ、世間体を繕うための結婚生活が持続すれば、それで満足しているはずだ。そこそこに美しく、いつも小綺麗《こぎれい》な身なりの貞淑な妻が、家にいて身の回りの世話をしてくれればそれでいいと思っているに違いない。

……でも、わたしは今、下着もつけずに、夜の街を歩いている。

夫が望む妻と逆のことをしていると思うと、快哉《かいさい》を叫びたくなってくる。

二年前のあの夜、青山墓地の桜にもたれかかって抱き合ってから、詳子が眺めている世界は、別の音楽を奏で始めた。

伴奏に力を得て、詳子は、もう一度自分の生きる意味を問い直そうとした。まず最初にすべきは夫との生活を解消することである。智彦の存在を隠したまま、夫に、「あなたと一緒に暮らす意味がわからなくなった」と告げると、夫はその夜は無言で通し、次の日に有名ブランドのブレスレットをプレゼントしてきた。いかに値の張る品であったかと自慢気に、さらりと買値を口にしながら渡された包みは、彼の思惑とは裏腹に、いよいよ離婚の決意を固めさせてくれた。

友人のつてを頼って花屋の店員として働き、空いた時間で写真や絵画のモデルのアルバイトをしてひとり立ちの素地を作り、その二か月後には、夫と暮らすマンションを出て、智彦の仕事場の近くに小さなアパートを借りた。

妻に家出された夫は、思い悩んだ揚げ句、世間体を気にして案外あっけなく離婚に応じてくれた。晴れて自由の身となったのが七か月前のことである。そうして二週間前の誕生日を祝って、詳子は智彦の籍に入ることになった。

これまでの優柔不断さが嘘のような、毅然《きぜん》とした行動は、智彦が奏でる音楽に後押しされたものである。

しかし、その音楽は、一週間前の午後九時四十七分、突如鳴り止んでしまった。

5

一週間前の夜も雨が降っていた。

東京も千葉も同様に雨脚が強く、雨の気配は音として詳子の耳に流れ込んできた。明日《あした》の早朝、鴨川《かもがわ》で仕事があるからと、智彦は夜の九時に車で家を出て現場に向かい、九時四十六分に詳子が電話をかけたとき、既に君津《きみつ》と鴨川を結ぶ道路を走っていた。

「なぜそんなに早いの」

詳子が驚いて訊くと、智彦は笑った。

「アクアラインがあるのを知らないのか」

首都高の渋滞さえなければ、都心から木更津《きさらづ》まで三十分できてしまうと言う。それにしても早いように思え、詳子は、智彦がスピードを出し過ぎているのではないかと、嫌な予感に襲われた。雨の夜は事故が多い。

「お願い。安全運転で行って」

「わかってるよ。ところでなんか用かい？」

智彦は、電話をかけてきた理由を詳子に問い掛けた。

詳子はそこで一旦《いったん》間をおいた。たいした用事ではなかった。明日、智彦が帰ってから尋ねても十分に間に合う。今、彼は携帯電話を片手に、雨の山道を車で走っている。

「気をつけて」と言い置いて、電話を切ろうかと、ほんの一瞬考えた。

「どうした？　言ってごらん」

声に促されて、詳子は言った。

「例の写真いくら探しても見つからないのよ。どこにしまい込んじゃったのか、あなた、覚えてない？」

例の写真、と言っただけで智彦には意味が通じるはずだった。今年の四月に桜の咲く青山墓地で撮ったふたりの写真である。ふだんから写真写りが悪いと嘆いている詳子が、その一枚だけは随分と気にいっていた。両者とも二度目の結婚とあって、結婚式は挙げず、親しい友人にだけ引っ越し先の住所と結婚を通知するハガキを出すつもりでいたが、そこにこの写真を使おうと詳子は熱心に提案していた。背景が季節はずれの桜であっても構わない。ハガキに印刷するのは、自分と智彦がもっとも素敵に写っている写真に限るのだ。

「ハガキの作成に入ろうとしたんだけど、選《よ》り分けておいた写真がどこにいってしまったのかわからなくなっちゃった」

詳子が説明すると、智彦は、

「ああ、あれね」

と、いかにもありかを知っているかのようだ。

「知ってるの」

「ちょっと待ってて」

電話口から一旦、智彦の声が遠のいた。

「もしもし」

詳子が声を張り上げても、返事がない。それに代わって、濡《ぬ》れた路面を走るタイヤの音が際立ってくる。ウィンカーが出され、ギヤチェンジがされる音、グローブボックスの開閉……、さらにブレーキが踏まれる気配がした。

何をしているのだろう。携帯電話が彼の耳から離され、また戻されたようだ。

「ちょっと待ってて……、あ」

再度同じ台詞《せりふ》を聞いた二秒後、詳子の耳には凄《すさ》まじいばかりの衝撃音が飛び込んできた。

ディスプレイに表示されていたため、はっきりと時刻を覚えている。午後九時四十七分だった。

6

タクシーは青山斎場前を通過するところだった。ドライバーはいつの間にか帽子を取って、助手席に置いていた。髪は短く、顎《あご》の下の肉が多少だぶついて、最初の印象より老けてしまったように見える。それまでまっすぐ前を向いていたドライバーは、斎場前でだけチラッと門のほうに視線を飛ばした。

逆に、詳子は、斎場から目を逸《そ》らした。

二度目の結婚生活はたった一週間で終わり、詳子はあっけなく未亡人になってしまった。葬儀やら何やらで疲れが溜《た》まり、リアシートに座る姿勢が崩れていく。肉体的なしんどさ以上に心のほうが痛んだ。これからどうやって生きていこうかというあてがまったくない。人生に意味を与えてくれる存在を失い、胸の中が真っ暗な空洞に支配されている。

智彦がいなくなった後の空虚が怖くてならない。この一週間は雑用に追われ、物思いに耽《ふけ》る間もなく時間は早く過ぎていった。刻々と深まる寂寞《じゃくまく》の感を味わわされるのは、いよいよこれからが本番である。携帯電話の留守電メッセージで彼の声を聞き、思わず涙をあふれさせてしまったけれど、この先、それとは比較にならない量が頰を伝うことになるのだ。

どこか遠くで救急車のサイレンが鳴っているけれど、たぶん気のせいだろうと詳子は思う。

耳の奥に残る衝撃音を思い出すたび、救急車のサイレンが幻聴のように聞こえてくる。実際に聞いたのは衝突時の音だけだった。あの夜、異次元に落ちた雷のように、ガッシャーンという音は長く尾を引いて、やがて電話口から音の一切が消えた。

何が起こったのかを察知した詳子は、大きく息を吸い込んだまま息を止め、その場で受話器を握り締めていた。

音を思い出すと、事故の模様が脳裏に再現されて、いたたまれなくなる。

詳子と携帯電話で話しながら、智彦は、「ちょっと待ってて」と車を路肩に停めた。道がカーブにさしかかり、片手運転では危ないと判断したのだろうか。停めた直後、後ろから猛スピードで走ってきたトラックが追突し、智彦の車は大破しながら百メートル以上引きずられ、山肌にめり込むようにして止まった。

智彦の身体は見るも無惨な姿に変わり果て、その死に顔すら見られない状態だった。

原因はトラックの運転手による前方不注意。智彦が停めたのはまっすぐな道の路肩で、見通しの悪い場所ではない。トラックの運転手も走りながら携帯でメールを打っていたという。

もしあのとき電話をかけなければ……、もし、あのとき写真のありかを訊《き》かないで早々に電話を切っていれば……、幾度同じ問いを繰り返し、後悔に身を焼かれたかしれない。自分の行為が彼の事故を招き寄せてしまった……、そう思っただけで、心の痛みは何倍か鋭くなる。

タクシーの目的地はすぐそこだった。結婚期間は一週間だったけれど、四か月を共に暮らしたふたりのすみかが、路地の奥で待っている。

詳子はタクシーを降りるしたくをしようと、バッグを膝《ひざ》の上に引き寄せ、濡れたハンカチを中に戻した。そのとき携帯電話のシルバーのボディが街路灯に反射して鈍い光を投げかけてきた。

ふと疑問が浮かんだ。

……あの人はなぜ車を停めたのかしら。

そういえば、一緒にドライブしていて、携帯電話で話すために彼が車を停めたことなど一度としてない。いくらきついカーブの連続だとしても、片手でハンドル操作を楽々こなすのが常だった。停めざるを得ない理由があったから、智彦は車を停止させた。他に理由が考えられない。

……何のため？

詳子は、写真のある場所を尋ねたのだ。もし、あのとき、智彦がバッグか何かに入れて、写真を持っていたとしたら……。彼は写真の有無を確認するために車を停止させたに違いない。バッグの中、あるいはグローブボックスの中に、目当てのものを探したのだ。

衝突の寸前に上げた「あ」という声は、発見したことを伝えるためのものではなかったか。

とすると、追突された瞬間、彼の片方の手には携帯電話、もう片方の手には写真が握られていたことになる。しかし、両方とも車内から発見されてはいなかった。

……どこにいっちゃったのかしら。

雨を吸って土と化してゆく写真、葉の陰で電池を消耗させてゆく携帯電話……、そのふたつのイメージが交互に浮かんだとき、タクシードライバーの携帯電話が着メロを鳴らし始めた。コンソールボックスの中で音がこもって、曲調がさっきより暗く感じられる。二度目にかかってきた電話だった。

ドライバーは、電話に伸ばしかけた手を途中で止め、躊躇《ちゅうちょ》するかのように指先を二度三度握り締める。顔は見えないけれど、手ははっきりとした動揺を表していた。

詳子には彼がなぜ動揺するのか理解できた。一度目に着メロが鳴ったとき、彼は、ディスプレイも見ずに電源をオフにした。以来、携帯電話には触れておらず、当然電源はオフのままだ。

にもかかわらず、着メロが鳴っている。

……取るの、取らないの、どっち？

二者択一を迫る詳子の目前で、ドライバーは意を決したように手を伸ばし、携帯電話の通話ボタンを押して耳に当てた。

「はい」

小さくか細い声……。ドライバーの声を詳子はこのとき初めて聞いた。

ドライバーは片手で運転しながら、ときどき小さく「はい」と返事をして、神妙に電話の声に耳を傾けている。

……電源がオフの電話にかかってきたはずなのに、これは一体どういうこと？　この人はだれと話しているの？

しかし、どちらでもいいことだった。いずれにせよ、自分とは無関係である。

タクシードライバーは、最後に「はい」と頷《うなず》いてから携帯電話を置き、車を左に寄せて停めた。

「こちらでよろしいですか」

妙に改まった丁寧な口調で、ドライバーが訊いた。そこはいつも詳子がタクシーを乗り降りする場所だった。自宅マンションまで歩いて十数秒という距離である。

タクシーのドアは開いている。詳子はメーターの数字を見て、札入れからお金を出そうとして手を止めた。カードとレシートの間にスナップ写真が一枚挟まれていたからだ。抜き取って確認するまでもない。それこそ、探していた例の写真だった。満開の桜をバックに、智彦に肩を抱かれた自分が写っている。

……こんなところに挟んだまま、わたしは忘れていたのかしら。

直後、その考えを打ち消していた。

……ううん、そんなはずはない。この一週間、何度この札入れを使ったかしれない。写真があれば絶対に気づいたはず。

思考が混乱しかけて手を止めたままの詳子を、タクシードライバーは焦らすでもなく、ハンドルに両手を置いた姿勢で待っている。意味が浸透するのを待つかのように。

詳子は、千円札を三枚抜き取って、ドライバーに渡した。レシートを添えて返されたお釣りを受け取りながら、詳子は左足を車の外に出した。雨は霧雨に変わって、しっとりとした水気が車内に流れ込み、髪にまとわりついてくる。

さらに腰を浮かせかけたところで、ドライバーはおもむろに口を開いた。彼はまっすぐ前に顔を向けていて、実際に彼の口から言葉が発せられたのかどうか、見えたわけではない。しかし、間違いなく声はドライバーのものだった。

「あなたの大切な人は、近くにいて、あなたのことを見守ってますよ、いつまでも」

詳子は、

「えっ」

と声を上げ、ドライバーの横顔をまじまじと観察した。

さっきまで剃《そ》り跡の青々としていた顔に無精髭《ひげ》が混じり、別人となった男の横顔がそこにあった。わずかに振り向き、元に戻されたドライバーの顔が、ほんの一瞬智彦のそれと重なった。

何もかも幻覚であるとわかっている。しかし、メッセージを届けてくれたのがただ嬉《うれ》しく、詳子は、

「ありがとう」

と、呟《つぶや》いてタクシーを降りた。

詳子を降ろすと、タクシーは外苑東通りを絵画館のほうへ走り去っていく。

詳子は、タクシーのテールランプが視界から消えてなくなるまで、同じ方向に顔を向け、その場に立ち尽くしていた。

柔らかな風に街路樹が揺れるたび、葉にたまった雨滴が降り注いでくる。詳子は上を向いて、雨滴を顔で受け止めようとした。いくら濡《ぬ》れても寒くはなかった。何も感じなくなるぐらいに心を冷やしてしまいたい。機能を失えば、もはや苦しさを味わうこともないだろう。

さっき聞いたばかりのドライバーの言葉が、光を伴って脳裏に明滅していた。写真

の構図と、ドライバーの台詞《せりふ》が、しっとりと混じり合ってひとつの意味を為《な》そうとする。

……こんなところで立ち止まっているわけにはいかない。

詳子は、ぐしょぐしょになった顔を手で拭《ぬぐ》い、歩道を歩き始めた。

櫓《やぐら》

1

桶狭間《おけはざま》の戦いで今川義元を破った織田信長は、上洛《じょうらく》へ向けての第一歩として、斎藤龍興《たつおき》が支配する美濃《みの》を攻略する作戦に打って出た。永禄《えいろく》七年、西暦にして一五六四年、信長は清洲《きよす》を出て小牧《こまき》に本拠地を移す。

さらに小牧を出て、北上しながら犬山、鵜沼《うぬま》、猿啄《さるばみ》と城を落とし、美濃加茂の北に位置する富加《とみか》に迫ったのが翌永禄八年。付近一帯を支配していたのは、関城主である長井隼人佐《はやとのすけ》道利を盟主とする、堂洞《どうぼう》城主岸勘解由《かげゆ》信周《のぶちか》、加治田《かじた》城主佐藤紀伊守《きいのかみ》忠能《ただよし》ら三人の武将である。彼らは、斎藤龍興を主家と仰ぎ、反織田信長の盟約を結んでいた。

堂洞城と加治田城は、川浦川の小さな流れを挟んで南北に向かい合う小高い丘の上にあり、互いの城が見えるほどの距離であった。これに対して、関城は川浦川が合流する津保川《つぼがわ》の北側に位置し、前二城とは距離にして二里ほど離れていた。

秋も深まり、城山に囲まれた平地にすすきが穂を垂らす頃、信長は、堂洞、加治田城と関城を分断する目的のためか、その中間地点である、現在の富加町広沢のあたりに軍を進めつつあった。加治田城主、佐藤忠能は、信長側に寝返る気配を見せており、そうなった場合、関城からの援軍を断ち切って、三方から堂洞城を攻めることができる。

岸信周家臣、崎山涼ノ助《さきやまりようすけ》は、堂洞城から西に半里、平野部である広沢に築かれた櫓の上に立ち、南の方角をうかがい、目を凝らしていた。川向こうのなだらかな丘陵は裾野《すその》のあたりが、疎《まば》らな竹藪《たけやぶ》となっている。その獣道を分けるように、軽装の騎馬武者が数騎現れるのを見て、涼ノ助は、

「来た！」

と叫んだ。

織田信長との戦は避けられぬとわかっていて、敵兵ひとり見えぬうちは、実感がわかなかったが、こうして現実に先触れの騎馬武者を数騎見ただけで、激しい胴震いを覚えるのだった。戦の経験がないわけではない。しかし、かつて一度として、これほど強大な敵に立ち向かったことはない。先遣隊のあとから本隊が駒を進めてくるのは必定、おそらく戦術上もっとも有利な地点である、ここ、櫓の位置する広沢付近に本陣を構えようとするに相違なかった。

涼ノ助に付き従う足軽の吉松《よしまつ》は、眼前の光景に目を奪われ、

「うわあ」

と、感嘆ともとれる声を上げた。吉松は、たった今登ってきたばかりの櫓からの、遠く開けた景色に目が眩《くら》んだだけなのに、涼ノ助から、

「うつけもん、感心するやつがあるか」

と、頭をはたかれる。

吉松の年齢は涼ノ助より上で、しかも故郷の川辺村《かわべ》には妻も子もいる身だった。ひとり目の子どももふたり目の子どもも一歳になるかならないうちに亡くし、ようやく三人目に生まれた女の子が、あと少しで三歳になろうとしていた。

涼ノ助はひとり者であったが、密《ひそ》かに想いを寄せる女がいた。主君である岸信周の盟友、佐藤忠能の娘、八重緑《やえみどり》姫がその人である。

戦国時代、武将同士盟約を結んでいるといっても、いつ裏切るかわかったものではない。そんなときの保証として、人質のやりとりは頻繁に行われていた。反織田信長という約束を反故《ほご》にしないための抑止として、八重緑姫は、加治田城から出て堂洞城に預けられていたのだった。逆に言えば、盟約が破られたときの違約金の役でもある。

一年前、堂洞城にやって来た八重緑姫をひと目見て、涼ノ助は胸騒ぎを覚えた。なぜ、胸騒ぎなのか……、今になって思えば、運命を共にする女という直感を得たからかもしれない。

付き添いの老女によって不意に開かれた襖《ふすま》の向こうで、姫は、縁側の近くに正座し

て、庭に空《うつ》ろな視線を投げていた。住み慣れた城を離れ、人質に身をやつす我が身を哀れむのか、目に光りはなく、この世の生を既に諦《あきら》めているかのような風情が、美しさにはかなさを加えていた。織田信長の動き方如何《いかん》に自分の命運が懸かっている涼ノ助は、姫の心情を一瞬で汲《く》み取り、似た環境の者同士、深い共感を覚えたのだった。覚悟を決めた顔が、女人にしては凜々《りり》しく見えてくる。年格好も釣り合いがよく、何度も相見《まみ》え、言葉を交わすうち、一生をかけて添い遂げたいと願う相手となり、思いは同じという姫の心中を確信するに至っていた。

涼ノ助は岸信周の家臣、崎山家の三男坊であったが、系図をたどれば、院の北面の武士に連なる家門、手柄を挙げて、一城の主《あるじ》となれば、八重緑姫を妻に迎えるのも夢ではない。

永禄八年、旧暦八月二十六日。

川を挟んで広沢の南の平野部に、織田の軍勢は陣形を整え始めていった。攻撃を加えるための布陣ではなく、織田方はまず城を明け渡して降伏するよう勧告をよこしてきた。涼ノ助は、心に呟《つぶや》いた。

……無駄なことを！

一徹で鳴る岸信周が主家である斎藤氏への忠誠を崩すはずもなく、むざむざ投降することは思えない。ここは城を枕に討ち死にと悲壮な覚悟を決めるはずだ。頼みの綱は、盟友佐藤忠能と関城主長井道利からの援軍であるが、織田側の使者は、彼らの希望を一気に打ち砕く報もまた届けてきた。

……佐藤忠能が織田方に寝返った。

そのような気配があると聞いてはいたが、まさか現実になろうとは……。涼ノ助が歯嚙《はが》みして悔しがったのは、戦の勝ち目がなくなったこと以上に、人質として捕えられている八重緑姫の身が案じられてきたからだった。裏切り行為を防ぐための人質であったが、何の効力も発揮しなかった。こんな場合、普通ならば人質の命が失われても致し方ないことになる。娘の命よりもお家の存続を優先するのは戦国大名の常道であると理解した上でも、八重緑姫の父であり、裏切り者である、佐藤忠能への憤りが湧き上がった。

姫の命は、涼ノ助の主君、岸信周の手に握られ、もはや風前の灯《ともしび》といってよい。果たしてその翌日、八重緑姫は加治田城からよく見える長尾丸山の中腹に建つ物見櫓の中程にはりつけにされ、見せしめとして殺されることになった。広沢の櫓に出張っていた涼ノ助からも望見可能で、我が主君の握る長槍《ながやり》が意中の人の胸を貫いたとき、床板を踏み抜くばかりの悲嘆を込めて、どんと足を打ちつけたのだった。

……おのれ！

怒りの矛先は、織田軍に向けられた。織田の間者《かんじゃ》が策を弄《ろう》したために、佐藤忠能が裏切り、大切な姫の命が失われた。そもそも清洲から織田信長が出て来なければこんなことにはならなかった。

みなぎる殺気のためか、涼ノ助の身体は蒸気を発するかのように熱い。

「うぬら、一歩も引くではないぞ」

同じ櫓の上で、姫の最期を見届けた六人の弓足軽たちに、涼ノ助は号令を下した。

足軽頭の吉松は、決死の形相で地団太を踏む涼ノ助を見て、これは貧乏くじを引いてしまったと後悔したが後の祭りである。

「かくなる上は、ひとりでも多く敵を屠《ほふ》るべし」

言うが早いか、涼ノ助は、櫓に掛けられた梯子《はしご》の縄を解《ほど》いてこれを倒し、降りるに降りられぬ状況を作って、必死の覚悟を強いた。櫓の上には、充分な数の弓もあれば矢もあった。

戦といっても、下層の足軽は、不利と見れば戦隊を離脱して故郷に逃げ帰ればよく、殲滅《せんめつ》戦などは滅多にないと心得ている。執念を持って追われ、首を取られるのは名のある武将だけだ。足軽などが大量に捕虜となったとしても、敵方の兵力に組み込まれるだけで、命まで奪われることは少ない。彼らにとって、戦とは殺し合いというより散らし合いの意味合いが強く、戦列が崩れて命令系統が途切れ、再編制が無理であると知ればそこで終わり、あとは一目散に落ちのびるまでだ。

だが、城を枕に討ち死にどころか、もっと小さな三層の櫓《やぐら》に籠城《ろうじょう》を決め込まれた日には、いい面の皮、万事休すである。吉松は、さっさと死ぬことに決めてしまった涼ノ助の下についたことを恨んだ。

午《うま》の刻、織田軍の騎馬武者数百が川の浅瀬を渡ることによって、城攻めの戦端が開かれた。三方から響き渡る法螺貝《ほらがい》を合図に、南の蜂屋《はちや》からは丹羽《にわ》長秀、北の加治田側からは寝返ったばかりの佐藤忠能が攻め込み、大地は一斉にどよめいた。

櫓のてっぺんは盾となる板塀で囲まれ、さらに盾の表側には、銃弾を防ぐ目的で竹の束がくくりつけられている。棚櫓は、五、六人も集まれば、身動きもできないほどの狭い空間となっていて、そこに陣取って四方にしつらえた鉄砲狭間《ざま》から弓を射るのは、思う以上に骨の折れる作業だった。互いの肘《ひじ》がぶつかり合い、足を踏み合い、矢や銃弾の着弾音に混じって怒声が飛び交った。

吉松は、胴丸の下にぐっしょりと汗をかきながら床板の上を這《は》いずり回り、なるべく低い姿勢から矢を放とうとする。身体を高くしていると、狙い撃ちされる恐れがあった。無理な体勢から矢を射たとしても、敵の数はあまりに多く、屠ったという手応《てごた》えはまったくない。

……南無阿弥陀仏《なむあみだぶつ》。

親の代から続いた浄土宗《じょうど》の念仏が思わず口をついて出た。かの教えに従えばこの世は地獄であるという。吉松には、今自分の置かれた状況を鑑《かんが》みるまでもなく、そのことが素直に信じられてくる。

狭い棚櫓に光りは少なく、耳を聾《ろう》する音の氾濫《はんらん》ばかりがあった。たてつづけに矢が盾に突き刺さっては、ぞっとする音を上げ、竹を貫通した銃弾が威力をなくしてからんと竹筒の中を転がる音は、今の己の命のように軽く響く。大地を蹴《け》って前進する軍馬によって、棚櫓はぐらぐらと揺れていた。あちこちで上がる鬨《とき》の声は右から左に駆け抜け、かと思えば、予期せぬ方向で別のどよめきが起こることもあった。激しくぶつかり合う武具と武具、遠くで馬のいななきがしたと思えば、遅れて土埃《つちぼこり》が五間の高さに舞い上がってくる。見えるものはわずかだった。これから何が起ころうとするのか、音を聞き分けて判断しなければならない。

あたかも罠《わな》に嵌《は》まった鼠が、水に浸《つ》けられて溺死《できし》させられる前に四方八方から棒でぶっ叩《たた》かれ、無数の石をぶつけられ、死の恐怖を煽《あお》り立てられるようなものだ。軍馬の疾走に大地は轟《とどろ》き、棚櫓の内部には怒声が充満する。音、音、音……。風に運ばれて、敵の雄叫《おたけ》びが耳朶《じだ》を舐《な》めていく。音の洪水の激しさに、意識が麻痺《まひ》しかかっていた。

出口はなかった。梯子は取り外されている。支柱を伝って降りたとしても、下で待ち構えるのは敵ばかりだ。矢を放とうにも、敵の狙い撃ちにあって容易ではなく、既に三名の仲間が失われてしまった。

まさにこの世の生き地獄。

「南無阿弥陀仏」

現世を厭《いと》い、来世に光明を見出《みいだ》そうとする念仏が、つい口をついて出るのも無理はない。吉松は、いつか大声で念仏を唱えていた。

ひゅんと空気が切り裂かれ、矢の本矧《もとはぎ》がたゆむ音が聞こえた直後、具足に身を包んだ涼ノ助が吉松の上に倒れてきた。力の抜けきった身体は鎧《よろい》のせいでさらに重くのしかかり、兜《かぶと》の鍬形《くわがた》が背を押して、骨をきしませた。吉松はほうほうの体でその下から抜け出すや、左目を矢で貫かれた死体を間近から見た。ひとりでも多く敵を屠るべしと言った割に最期はあっけなく、涼ノ助は声もたてず倒れてしまった。次に立ち上がるのは来世の入り口であり、その後は、八重緑姫と結ばれる日への階段を一歩一歩昇ろうとするに違いない。死もまた悪くはない。そう思うと、吉松には、涼ノ助の死に顔が穏やかなものと見えてくる。

残りは吉松を含めて三人。そのうちのひとりは、乱心したか、あるいは阿鼻叫喚《あびきょうかん》の棚櫓よりはましと判断したか、支柱を伝って大地に降りようとして矢を足に浴びて落ち、駆け集まった槍組足軽たちに串刺《くしざ》しにされた。断末魔の叫びが、すぐ上にいる吉松の耳にいつまでも残り、彼はいよいよ自分の最期も近いと覚悟した。

生まれてこのかた、いいことはあまりなかった。妻のクニは一緒に暮らし始めた当初から無愛想で、生まれる子を次々と亡くすにしたがって、不機嫌の度合いを強くしていった。最近ではまともに口をきいてもくれない。百姓屋敷で飼われる小作の身分では、飢えぬように暮らすのが精一杯である。白い飯を腹いっぱい食ったことなどついぞなく、この先そんな日が来るとも思えない。三人目に生まれた娘が成長しつつあるのが唯一の光明ともいえるが、それにしたところでいつ何が起こるか知れたものではない。生は苦しく、はかなく、求めて得られるものは何もなかった。確かな明日《あした》などどこにあるというのか。

足に手を触れると、ねっとりと血の感触があった。床板の隙間から届いた銃弾が、いつの間にかふくらはぎを貫通したらしい。大量の血が流れ出たせいなのか、既に痛みを感じなくなっている。おまけに時の感覚もなくしていた。戦端が開かれてからどれほど刻《とき》が流れたか、わからないのだ。一刻と言われても、一昼夜と言われても、素直に信じるしかなかった。

大半の敵軍は、吉松のいる櫓を見捨て、城攻めに回ったようにも思われた。さっきから城の方角からしきりと鬨の声が聞こえてくる。櫓の抵抗を封じようとするなら、下から火を放てばそれで済む。もはや取るに足らぬと判断されたか、あるいは次の合戦に利用すべく櫓を野に残しておくと決めたのか、吉松は、戦場のただなか、五間の高みに取り残されて、生とも死ともつかぬ領域をしばらく彷徨《さまよ》うことになった。支柱を伝って降りようとすれば仲間の二の舞いだろうし、いつまでもここにいれば、失血と飢えで早晩同じ結果を招くことになる。

起死回生の方法を、吉松は選ぶことができなかった。逃亡を選んで、より無残な死に様を迎えるのが、怖いからである。櫓の下は、間違いなく敵地と変わっている。関城からの援軍が到着するなど夢のまた夢。吉松は以前、戦場となった土地の農民たちが落ち武者を追い詰め、金目の鎧兜を身体からはぎ取って裸に剝《む》いた上、なぶりものにして殺す場面に遭遇したことがある。そんな目に遭うのだけは御免被りたい。

自分で決めたことの結果が、より悪いほうに出ることだけは避けたかった。生きるにも、死ぬにも吉松は勇気がなさ過ぎる。このまま穏やかに死んでいくのが一番と心得ていた。じたばたせず、静かに、消極的な死を迎え入れるのだ。

……南無阿弥陀仏、南無阿弥陀仏、南無阿弥陀仏。どうせこの世は地獄、未練などあろうか。

吉松は、繰り返し繰り返し念仏を唱え、目を閉じていった。

幼い頃、川辺村の山河を裸足《はだし》で駆け回ったときの情景が、懐かしく思い起こされてくる。村祭りの夜に女を知ったのは、それから数年もしないうちだった。その女と一緒に川で魚を捕り、串に刺して焼いて食ったのは旨《うま》かった。楽しかったことといえば、それぐらいだ。この先、生きていたとして……。

遠くで一際大きく鬨の声が上がった。少し遅れ、喊声《かんせい》が波状をなして、丘の斜面を駆け降りてくる。城が落ちたのだろうか。

もはやどうでもいいことだった。

2

一九四七年、秋。

どこをどう歩いたものか、いつの間にか広沢の栗林に出ていた。

来た方向を振り返ると、見慣れた山の風景がずいぶん遠く離れてしまっている。それだけでも歩いてきたおおよその距離が知れた。沈む夕日を受けて雑木林の斜面は赤味を帯び、同じ山のはずなのにいつもとは違う風情をたたえていた。眺める方向が家からのものと違うため、稜線《りょうせん》の形が微妙に変化している。

戦国時代、山の頂には城があった。今は石碑が残るだけで、本丸も追手門もかつての片鱗《へんりん》を残さず、雑草に埋もれてしまっている。積み上げられた岩の不自然な出っ張りが、城があったという痕跡《こんせき》をわずかに残すばかりだ。

栗林の向こう側には、川が流れていると聞いていたが、望月妙子《もちづきたえこ》は、実際に見たことはなかった。立ち止まって耳を澄ませても、清流の音は聞こえない。

さっきから耳に響くのは、自分の足音ばかりだ。背も低く、痩《や》せて、頬もこけ、大地を鳴らすほど、身体に重みがあるわけではない。それでも音が耳につくのは、土の上をまんべんなく覆う、乾燥しきった葉や小枝のせいである。枝から落ちた栗の実もあちこちに転がっていた。足音には刺《とげ》があり、歩くたびに妙子は、胸の痛みを覚えた。

夕暮れが迫って、道に迷ったというのではなかった。泣きわめく乳飲み子をあやそうとして、おぶい紐《ひも》で背中にくくりつけながら家を走り出たのが一時間前。どこに行くというあてもなく、泣き止めばすぐに戻るつもりでいたのに、なんとなく足が家から遠のくばかりで、ふと気づけばこんなところにまで来ていた。赤ん坊はとっくに寝入って、首筋のあたりで穏やかな寝息をたてている。今ごろ、家では、夕餉《ゆうげ》の支度どきだというのに働き手の嫁が消えてしまったと大騒ぎしているに違いない。

「いい気味だわ」

妙子は、不満を声にして、吐き出した。

言いたくても、家の中では決して口にできない言葉だった。不満は腹の奥底に溜《た》まりに溜まり、悔しさは喉《のど》のあたりで渦を巻いている。

死にたいと思ったことは何度もあった。妙子の実家は、代々、川辺村で農業を営んでいたが、祖父の代になって、岐阜の市内に出て家具職人に丁稚《でっち》奉公をした。修業を積み、ようやく自分の店を持ったのも束の間、祖父は病気で倒れ、跡を継いだ父が先物取引の売買でしくじり、店を失ったあげく、夜逃げ同然で借金取りから逃げ出したときが自殺未遂の一回目であった。これは、自分の意志とは関わりなく、一家心中に巻き込まれそうになったというだけで、自殺未遂という言葉はあてはまらないかもしれない。

「死のう、死のう」

父は何度も同じ言葉を呟《つぶや》きながら、ただ付き従うだけが取り柄の母と、妙子と弟を引き連れ、一昼夜山間を彷徨い歩くうち偶然に友人と出会い、その友人に自殺の意図を見透かされ、あっさりと一家心中を諦《あきら》めたのだった。一家道行きの幕切れはあまりにあっけなく、十歳にして既に死ぬ覚悟を決めていた妙子は、なんだかばかにされたような気分になったのを覚えている。

二度目は、終戦の数か月前のことだった。

二十歳で岐阜市内で豆腐屋を営む家の次男に見初められ、結婚したときは、束の間の幸福を摑《つか》んだかと思われたが、それも長くは続かなかった。昭和十八年の秋、夫は妙子の腹に子種を残したまま南方に出征して、激戦地を転々としたあげく硫黄島《いおうじま》で最期を遂げた。戦死の報が妙子のもとに届けられたのは、昭和二十年の五月、赤ん坊が満一歳の誕生日を迎える頃であった。夫と一緒に過ごしたのは半年にも満たず、彼はまた、生まれてきた子どもの顔も見ずに逝ってしまった。

この先女手ひとつでやっていけるという自信がなく、妙子は、夫の戦死を知った日の夜に赤ん坊を背負って家を出て、東海道線の踏切付近を彷徨った。いよいよ日本も戦争に負けるだろうし、生きていていいことはひとつもないという悲嘆の中、思考は麻痺《まひ》しかけていた。

かんかんと鳴る踏切の音は、これ以上近づくなという警鐘とも取れるし、こっちへおいでと呼び込む声とも取れる。東海道線上り列車の黒い影が間近に迫り、その風圧に飲み込まれようとしたとき、気配を察知したのか、寝ているはずの赤ん坊の手が首筋に伸びて肌をまさぐってきた。妙子は我に返り、あと一歩という、危ないところで踏み止《とど》まった。目の前を行き過ぎる鉄の塊を見て、妙子は、初めて恐怖を覚えた。列車は、無数の死神を満載して、闇の中にさらに黒い影を落として走り去っていった。

そして三回目が今晩……。何度同じことを繰り返せば気がすむというのだろう。ご丁寧に、あのときと同様、幼い子どもまで背負っている。死のうという明確な意志があるわけではない。ただ帰りたくないのだ。二度とあんな家には帰りたくない。

終戦時の混乱の中、幼い子どもを抱える妙子のもとに、降って湧いたように縁談が転がり込んできたのは一年半前のことだった。

祖父の実家の川辺村にほど近い、加治田村の農家の長男が、連れ子も一緒で構わないから嫁に来てくれないかという。田畑を少なからず持つ自作農ということで、米を始めとする農作物には事欠かないから食うに困ることはないと吹聴《ふいちょう》された。願ってもない話だった。岐阜市内は物資が不足して、老いてほとんど廃人と化した父と母の食料もままならず、調達のために闇市場を走り回っていた妙子は、渡りに船とばかりこの縁談に乗ったが、その家が代々持つ古めかしい因習には心底辟易《へきえき》させられた。嫁いで初めて、牢獄《ろうごく》同然の家に囚《とら》われたことに気づいたのである。

水道もなく、井戸水を汲《く》み上げる生活には我慢できても、土間横の三和土《たたき》でとる食事風景の暗さにはぞっとさせられた。食事中だれひとり言葉を発せず、沈鬱《ちんうつ》な表情で御飯を口に運び、顔を上げることもないという異様さである。しかも、食べ終われば食器を舌で舐《な》め、布巾《ふきん》で拭《ふ》いてちゃぶ台の引き出しに戻すだけで、食器を水で洗おうとしない。岐阜市内で生まれ育った妙子は、都市生活が身についていて、とても我慢できず、自分の食器だけでも洗おうとするのだが、姑《しゅうとめ》は、よけいなことをするなと、無言の圧力を目に込めて睨《にら》んでくる。姑だけではない。なぜか家には出戻った小姑《こじゅうと》が三人もいて、ことあるごとに妙子をこき使い、不満の捌《は》け口として苛《いじ》めてきた。

舅《しゅうと》はおとなしくて妻や娘たちのいいなりで役に立たず、夫ときては戦前から患っていた肺をさらに悪くして、今は寝たり起きたりの生活となり、妻をかばうような言動は期待するだけ無駄であった。

それでも新しい家で子をなしたのは、病弱なくせに性欲だけは異常に強い夫の力によるところが大きい。夫婦だけの寝室などなく、破れた障子に囲まれたふたつの六畳間に一家八人が雑魚寝《ざこね》する中で、できた子どもである。隣に寝る家族の寝息の深さに安心を得て強引に押し入るという性急さで、快楽もなにも得られた例《ため》しはない。ただ恥ずかしく、早く終わってくれと願うばかりだった。一度など、涙を堪《こら》えて横を向くと、寝ているとばかり思っていた小姑のひとりが、どんよりとした目の奥に妬《ねた》みとも憎しみともとれる鈍い光りを宿しているのに気づき、不気味さのあまり、思わず夫の身体を撥《は》ね除《の》けたこともあった。あるいは、交接の最中に天井から蛇が降ってきて、驚きと恐怖で失神しかけたこともあった。

連れ子は女の子で、新しい家で生まれた子は男の子。望月家にしてみれば跡取り息子の誕生であったが、だからといって嫁の地位が上がるわけでもなく、相変わらず妙子は、子どもの世話、夫の世話、舅姑の世話、小姑たちの世話に、家業の農作業と、休む間もなく働きづめに働かされ、睡眠時間などはないに等しかった。

数日前、妙子はついに心労で倒れてしまった。すると、姑と小姑たちは一致団結して仮病と決めつけ、罵詈《ばり》雑言を枕元に投げ付けてきた。怠け者とだけは思われたくなかった。妙子は、無理に起きて汚名を返上しようとするのだが、働いても働いても認めてはもらえず、金のかからない女中として酷使される生活が変わることはない。

……ふう、しんど。

妙子は、栗の木の幹に手をついて、身体を支えた。倒れて以来、体調は元に戻らず、頭が朦朧《もうろう》として少し目まいがする。

どうすれば逃げられるのか……、このまま赤ん坊を背負ってどこまで行くというのか。希望に満ちた楽園があるというのなら、いくら困難があってもそこに向かうだろう。帰る場所があるのなら、そこを目指す。しかし、昨年、続けて両親を亡くした妙子には心安らぐ場所はもはや地上に残されていなかった。たった一時間、家を出てから無目的に歩いただけで、へとへとに疲れてしまった。これ以上歩くのさえ億劫《おっくう》だ。大嫌いな家に戻ろうにも、気力さえ失《う》せてしまっている。そろそろすべてを終わりにしたかった。でも、どうすれば終わるのか。方法はひとつしかない。

運のいいことに今晩は月の明るい夜だった。おまけに背中の赤ん坊はぐっすりと寝入っている。妙子は、おぶい紐を解《ほど》いて赤ん坊を地面にそっと寝かせた。子供を道連れにするつもりはない。この子は望月家の長男であり、ある程度は大切に扱われるだろう。心配なのは三歳になる長女のほうだ。望月家と血の繋《つな》がりはなく、この先どう扱われるかと考えれば不安になるけれど、だからといってやめるつもりはない。

妙子は、おぶい紐の端を両手に持って広げてみる。充分な長さと強度があった。子どもを背中にしっかりとくくりつけるための紐《ひも》なのだから丈夫なのは当たり前だ。こんなことになると予期した上で、子どもを背負ってきたような気がしてくる。前回自殺を試みたときは、首筋に触れた赤ん坊の手に止められたが、今回は逆だ。起きる気配も見せず草の上で熟睡して、赤ん坊は、おぶい紐を差し出してくれた。

妙子は、栗林の中で手頃な一本を選ぶと、幹にしがみついて登り始めた。着物の裾《すそ》をまくり、太股《ふともも》に擦り傷をたくさんこしらえ、一番下の枝にとりついたときは息も絶え絶えだった。歩く気力はないくせに、よく木登りができたものだと自ら感心して周囲を見渡すと、木々の隙間からわずかに川の流れが見えた。本当に川がそこにあったことに妙子は小さな驚きを覚えた。月明りに照らされて、蛇行する水面が蛇のように浮き上がっている。

妙子は慎重に、枝の根元にまたがり、おぶい紐を下に通してから首に巻き、端と端を決して解けぬようにしっかりと結んだ。枝は太く、体重を支えるだけの強度は充分にありそうだ。絶対にしくじりたくはなかった。そんなことになれば笑われるだけだ。

……飛び降りさえすれば、いつでも死ねる。

そう思って満月を見上げた妙子は、人生で最高の時間を味わっていた。生まれて初めて、自由になれたような気がする。生きるか死ぬか、選択がすべて自分の手に握られているのだ。

尊厳を与えてくれるのは死のみだ。望月家のひとりひとりに復讐《ふくしゅう》を果たす唯一の手段でもある。

栗林を抜ける風がざわざわと枝を揺らしてきた。妙子は、振り落とされそうになる身体をしっかり幹に寄せて耐えた。もう少しの間、この恍惚《こうこつ》に浸っていたかった。偶然に任せるつもりはない。最期の瞬間は自分の手で選び取らなければならない。

風に乗って、どこからともなく念仏が耳に届けられる。

……南無阿弥陀仏《なむあみだぶつ》。

川辺村の祖父の実家は、代々浄土宗の熱心な信者であると聞いていたが、妙子は自分の宗教を持たなかった。しかし、今の彼女には、死を欣求《ごんぐ》し、死して後の極楽を求める気持ちがある。その思いが、南無阿弥陀仏の念仏を呼び寄せたのかもしれない。

せめて一回ぐらい、自分の力で飛んでみたかった。妙子は、空気を胸に一杯に吸って枝に立ち、月に向かって伸び上がろうとした。傍目《はため》にはバランスを崩して落ちたとしか見えなかっただろう。だが、大地に足先が触れる寸前で首の骨が折れ、意識を失う直前に妙子は、鳥になった気分で魂を夜空に解き放った。

揺れる彼女の下で、赤ん坊は目を覚まし、激しく声を上げて泣いた。

3

富加町広沢の川べりに五階建ての瀟洒《しょうしゃ》な町営アパートが竣工《しゅんこう》したのは、一九九九年春のことである。

田園の中に突如出現したビルは、周囲に違和感を漂わせていた。それもそのはず、かつてこのあたりには栗林があるだけで、民家といってもわずかに点在するばかりであった。

しかし、一家の収入に応じて家賃を決める町営アパートは、3DKという広さの割には格安ともいえる家賃設定で、入居者募集の段階から四倍、五倍という厳しい競争率となった。書類による選考を経てなお二倍の入居希望者があり、抽選してようやく全入居者が決まるという人気ぶりである。

五月の連休頃までに、入居が決まった人々は順次引っ越しを終え、秋になる頃には、自治会等の活動を通して、三十戸の住人たちは、互いに顔見知りとなっていた。

入居から一年以上がたち、それぞれが新しい生活にも慣れてきた六月、ふたりの子どもと一緒に最上階の504号室で暮らす石川雅子《いしかわまさこ》は、いつものように家の台所に立って、夕飯の支度にいそしんでいた。梅雨に入る前の、真夏のように暑い日の夕方で、勤務する美濃加茂市の郵便局から帰った雅子は、首筋にうっすらと汗をかいていた。

雅子はここでの新しい生活が気にいっていた。子どもたちは上が小学五年で下が四年と手がかからなくなり、新築の部屋は最新の設備が施され、きれいで使い勝手がいい。昨年の春まで住んでいた犬山市の実家に比べれば、天と地ほどの差だ。

そもそも入居者の募集に応じたのは、一昨年《おととし》に母が亡くなり、東京に住む兄が家を処分して現金にしたいと言い出したのがきっかけだった。兄の言う通りにして間違いはなかったと、雅子は実感している。親子三人で暮らすのに一戸建ての家は不用心過ぎた。しかも老朽化が進んで、リフォームしようとすれば建て替えるのと同様の金がかかると言われてしまった。そこで目にしたのが、町営アパート入居者募集の案内である。試しに応募してみると、母子家庭ということもあって、当選の通知がきた。一家の収入が少ないために家賃は安めに設定され、浮いた金を毎月の貯金に回すことができそうだ。雅子は迷わず、兄の勧めに従って家を処分し、そこそこの貯金を作った上で、ここに越してきたのだった。

暴言癖を暴力へと移行させていった夫と、まだ幼い子どもたちと、四人で暮らしていたときも、惚《ぼ》けた父と母と五人で暮らしていたときも、なにかと気苦労が多く、心が休まったためしはない。高校を卒業してすぐに入った郵便局での勤務は変わらなかったが、離婚したり、続けて両親を亡くしたりと、そのたびに生活は変化して、いまようやく落ち着いた生活が得られた。小学校五年の仁美《ひとみ》と四年の裕治《ゆうじ》、子どもたちと三人だけの暮らしが、すっきりとして、自分にはもっとも合っているようだ。生まれて初めて、これがささやかな幸福なのだろうなあと、心に余裕が持てるようになってきた。

雅子は、鼻歌を歌いながら、焼き魚をグリルから出し、ちらっと居間のほうをうかがった。裕治はテレビの前に陣取ってテレビゲームに熱中し、奇声を発しながら、華奢《きゃしゃ》な背中を震わせている。仁美は……、すぐに姿を見つけることはできなかった。彼女の場合、どこかひとりぽつんと佇《たたず》んで、存在を希薄にすることが多い。自分はここにいるんだと強く主張するのが苦手らしく、放っておくとすぐに物の陰に身を寄せる。それもまた個性だろうと、雅子はとやかく言わないが、もう少し積極的になってもいいじゃないと、苛々《いらいら》させられることもあった。

バルコニーの手摺《てすり》に寄りかかる白い背中に気づいたのは、それからすぐのことである。壁際にたぐり寄せられていたレースのカーテンの中、仁美が着ている白いTシャツが保護色となって、見えにくくなっていただけだ。

仁美は、夜気に当たって涼んでいるに違いなかった。暑い季節が近づいたせいか、彼女は、ときどきバルコニーに出て夜空を眺めるようになった。夜空を見上げ、何を考えているのかと、頭の中を覗《のぞ》いてみたかったが、口数は少なく、心中を語ることは滅多にない。そういえば、昨日の日曜日、学校の友達とピクニックに行くと朝から大はしゃぎしていたけれど、夕方にはうって変わって沈鬱な顔で帰って来て、「何かあったの」と理由を尋ねても、「なんでもない」と首を横に振るばかりで、気にはなっていた。

雅子は、料理を盛った皿をカウンターに並べ、子どもたちに声をかけた。

「さ、運んでちょうだい」

皿をテーブルに並べるのは子供たちの役目である。このときだけは、たとえ勉強中であっても、中断して手伝いに来なければならない。昼間は働き、朝夕と家事に縛られる雅子としては、子どもたちの手伝いだけが頼みであり、手伝おうとする心根に触れるだけで、疲れが癒《いや》された。

「しゃーねーな」

ヘッドホンを床に放り投げて立ち上がった裕治は、汚い手で皿を持とうとして、

「先に手を洗ってちょうだい」

と、母に注意されて、口をとがらせる。

「女の気持ちはわからねえ」

「なにわけのわからないこと言ってんだか」

雅子は笑いながら息子の背中を押して、流しに向かわせる。いつも予期しない返事

を返す長男が可愛くてしょうがなかった。下の子だけに、甘えるコツを押さえていて、反抗するいたずらっぽさを残しながら、母の手助けに応じようとする姿がいじらしい。

「よお、姉ちゃんは？」

お手伝いは姉弟《きょうだい》に平等の仕事のはずである。一方がさぼるのは許せないと、裕治は食ってかかる。

「バルコニー。呼んできてちょうだい」

「あいよ」

裕治が動こうとしたときだった。バルコニーに面したサッシ窓が、ピシッと鋭い音をたてた。雅子はびっくりして肩を上げ、裕治は、

「おっと、敵機襲来か」

とおどけて、窓に走る。中断したゲームの戦闘シーンでも彷彿《ほうふつ》させたのだろう。

のっそりとレースのカーテンを分けて部屋に入ってきた仁美に、雅子は問い質《ただ》す。

「なんかあったの。怪我なかった？」

何が起こったのかは不明である。ただ何となく、外から投げられた石が窓ガラスを直撃したように感じられた。裕治も同じように思ったため、「敵機襲来」などという表現を使ったに違いない。

「窓ガラス、割れちゃったみたい」

仁美は何事もなかったかのようにそう言い、ソファとソファの合間を縫って台所に立ち、手を洗おうとする。

窓ガラスの右下に斜めに白く亀裂《きれつ》が走っていた。明らかに、外側から強い衝撃が加わってできたものだ。雅子と裕治はバルコニーに出て、原因を突き止めようと躍起になった。石が投げられたのなら、バルコニーに落ちているはずである。這《は》いずり回ってこれを探す裕治の傍らで、雅子は正面の闇にじっと目を凝らす。何を投げたにせよ、犯人がいるとしたら、五階という、この部屋の位置から考えて真下では有り得ない。川向こうの水田から遠投したはずである。となると、ピッチャー並みの肩の持ち主ということか。

宵闇の中、雅子は、田植えが終わったばかりの青い穂先が並ぶ水田に、人の影を捜した。低い稲の茂る水田に身を隠すような場所はなく、動くものの気配とてまったくない。ただ、はるか先の山裾《やますそ》のあたりから、竹藪《たけやぶ》を分けて蜘蛛《くも》の子を散らすように、豆粒ほどの黒点が流れ出るのが見えた。現実ともつかぬ不思議な光景を前にしていると、耳の奥に馬のいななきに混ざって人々のさんざめきが湧き上がってきた。

汗がいつの間にか引いている。夜になって気温が一気に下がったようだ。背筋に悪寒が走り、雅子は裕治の手を引いてバルコニーから居間に入ろうとした。

……なんだか、変。

そう言いかけた雅子の前に、裕治は一本の棒を差し出してきた。

「こんなもんがあったよ」

それはただの棒ではなかった。三日月形の雁股《かりまた》を先端につけて、もう一方の端には弓摺羽《ゆすりば》がしつらえてある。現実に眺めるのは初めてだったが、雅子も裕治も、それが何であるかすぐにわかった。矢だ。

流れ矢ではない。戦闘開始の合図のように、狙い澄まして放たれた一本の鏑矢《かぶらや》……。

4

実際、矢を合図として、アパート全体は奇怪な騒乱に包まれていった。最初のうち雅子は、不思議な現象が起こるのは自分の部屋だけだと思い込んでいた。棒の先でつついたように天井を無数の足音が駆け巡ったり、食器棚の中で皿が割れたり、風もないのにサッシ窓が揺れたりと、何かがいるという気配もなく、物と物が触れ合う音が、昼といわず夜といわず、部屋の中を走り回るのだ。

これが世に言うラップ現象だろうか……、そう思うと恐ろしくもあるが、幽霊そのものを見るということはない。

姿なき物音はこの二か月間続いて、夜もろくに眠れず、雅子の身体には疲労がたまっていった。

　そんな八月の日曜日の午後のことである。雅子は、買い物帰りにアパートの北側にある公園に寄って、そこに集まっていた四人の主婦たちと何気ないおしゃべりに興じていた。普段から、アパートに付随する公園が、住人たちの情報交換の場となっている。

　すると、ひょんなことから話題が逸《そ》れ、彼女たちのひとりが、どこか恐る恐る、一方では冗談めかした口調で、言い出した。

「ねえ、ところでさあ、部屋の中で変な音がしない？」

　周囲からは、

「わたしも、わたしも」

　と、同調する声が上がったのでびっくりして、雅子は言葉もなく、顔をきょろきょろさせるだけで、最初のうちは一方的に聞き役に回った。

　言えばどうせばかにされるに決まっているし、集合住宅の中で変な噂がたてられるのも困る。だから、雅子は自分たち一家だけの問題だろうと、ひとりで悩んでいた。

　ところが、豈図《あに》らんや反応は思いがけず、

「ある、ある」

「天井を何かが駆け抜けていくような音がする」

「うちなんか、外壁をだれかが叩《たた》くのよ」

「ドアがノックされて、開けてみたけど誰もいなかったなんて、もうしょっちゅう」

その場にいた四人の主婦たちは、揃いも揃って皆同じ現象に悩まされていると告白したのだった。

それぞれ胸にしまってきた秘密であったが、自分だけではないと知ると、主婦たちは、堰《せき》を切ったようにこれまでの体験談を披露し始めた。

閉めても閉めても下駄箱《げたばこ》の扉がひとりでに開いてしまった、棚の上から皿が落ちてきて普通では絶対に有り得ないような割れ方をした、電源の入っていないラジオから声が漏れ聞こえてきた、水道管の奥のほうで赤ん坊の泣き声がする、天井から壁にかけて先の鋭い棒で突かれる音が夜も昼も止むことがない、天井から人間の首がぶら下がってきた、着物姿の女が浴室のドアの陰に立っていた、テレビ画面が急に静止画像になって馬のいななきがスピーカーから流れた、夜中にがちゃがちゃとカギ穴にカギが突っ込まれる音が延々と続く……。

「ねえ、ちょっと聞いてよ」

主婦たちはさも自慢気に、自分の体験談のほうがずっとすごいでしょ、と言わんばかりだ。どこまでが本当でどこからが作り話か、熱に浮かされて、区別できなくなってしまったかのようにも取れる。しかし、せんじ詰めれば事実はひとつ。このアパートは、人間が現実にたてる音以外の音に溢《あふ》れている……。それだけは確かだ。同時に複数の人間が同じ嘘をつくはずがない。

喋《しゃべ》り終わったときの主婦たちの顔は、胸のつかえがとれたかのように晴れやかだった。自分だけではないということが判明すれば、あとはもう自由に喋りまくることができる。全アパートの住民がこの話を知り、「うちも、うちも」と名乗りを上げるまでに、二日とかからなかった。連鎖反応というのだろう。異音を聞いたことのない人間も、時流に乗り遅れてはならないと、些細《ささい》な現象を大袈裟《おおげさ》に言い立てて話をおもしろおかしくしていった。

彼女たちはアパート以外のところにも同じ話題を振り撒《ま》いた。子どもたちが通う学校や職場で、町営アパートは一躍「幽霊アパート」の名で呼ばれるようになった。

やがて、騒音問題を解決するための自治会の会合が持たれ、具体的な対策が練られることになった。

自治会長が「欠陥住宅ではないか」と町役場にかけあうと、建築関係の専門家が派遣されてきて、異音が発せられるのを認め、その原因を「コンクリート壁と内装板材の膨張率の違い」と説明づけてきた。しかし、原因がわかったところで、奇怪な騒音がなくなるわけではなかった。それどころか、より頻度は増していく。あげくに、階段の片隅に着物姿の若い女が座っていたという目撃談が複数の住人から寄せられるや、やはりどうみても悪霊の仕業に違いなく、祈禱師《きとうし》を呼んでお祓《はら》いをしてもらい、費用を町役場で負担してもらおうということで意見がまとまり、交渉に移ったところで、間の悪いことにこの経緯が地方新聞に載ってしまったのである。

幽霊アパートの名はあっという間に知れ渡り、朝のワイドショーで取り上げられ、テレビ局や雑誌社が大挙して押しかけるようになった。話題作りのため、霊能者と称する者や、科学者たちを連れてやって来て、怪奇現象の源を自己流に解き明かしたりと、報道は過熱する一方だった。ラップ現象に苦しめられたというより、夜討ち朝駆けで襲来するマスコミ勢から逃れるため、近くに実家等のある住民はそこに緊急避難する事態となり、残った住民たちはいたずら電話を受けたり、遠方からの見学者の不遠慮で好奇な視線にさらされたりと、さんざんな目に遭わされた。秋になる頃には、幽霊アパートの存在は全国津々浦々まで知れ渡り、住民を巻き込んでの騒動はいつ終わるとも知れなかった。

逃げたくても逃げ場のない雅子は、子どもたちと三人で、家の中で鳴る奇怪な音と野次馬からの攻撃に耐える他なく、日々心労は重なっていった。そのせいかどうか、長女の仁美は体調を崩しがちで、このところ学校を休むことが多い。同じアパートに住むある小学生は、学校で「幽霊」とあだ名されていじめられ、それが原因で登校拒否になってしまったという。雅子は、娘も同じ運命を辿《たど》りはしないかと恐れた。

引っ越してきた当初は大満足であった住居が、得体の知れない怨霊《おんりょう》に乗っ取られてしまったようで、雅子は悔しくてならない。

……どうしていつも安住の地が得られないのかしら。

しかも、悪霊が跋扈《ばっこ》するアパート云々《うんぬん》とは、ばかばかしいにもほどがある。

……どうやって戦えというの。方法なんてないじゃない。

唯一の頼みは、悪霊祓いの祈禱というところがまたうさん臭い。ボランティアと称して全国から集まってくる祈禱師たちは、鎮める力があるかどうか知れたものではなく、この機会に名を上げようという魂胆が見え隠れしているのだ。

十月中旬の日曜日、敷地内のあちこちでは、それぞれの流儀による祈禱が行われていた。地面に酒を注ぎながら意味不明の祝詞《のりと》を唱える者、線香を燃やし榊《さかき》をたて失神するまで祈禱する者、護摩を焚《た》いて般若心経《はんにゃしんぎょう》を読経する者、はては中庭に慰霊碑を建てよと命ずる者、逆に建てるなと反対する者……、これほど多くの祈禱師が一堂に会するのを見るのは初めての経験で、雅子は、妙に感心しながら中庭を抜けたところで、白装束の老婆に呼び止められた。老婆はにこにこと笑い、伊勢《いせ》からやって来たと自己紹介して近づいてくる。人なつこい笑顔に惹《ひ》かれて二言三言言葉を交わすうち、老婆は小首を傾げ始め、突然雅子の左手を両手で握ってきた。年の割には力が強く、雅子は、思わず顔をしかめた。

やがて老婆は手の力を緩めて、言った。

「辛《つら》いのぉ」

皮膚を通して何かを読み取ったらしい。

「なにが……」

「今回の悪霊騒ぎはあんたの縁《えにし》じゃ。覚えがあるじゃろ」

それだけ言うと、老婆は自分で納得するように何度も頷《うなず》き、片足を引きずりながら、階段下の通路を抜けて川のほうへと去っていった。

雅子にしてみれば青天の霹靂《へきれき》だった。

……今回の幽霊騒ぎが自分のせい？

にわかに信じられなかった。しかし、かといってばかばかしいと笑い飛ばせるものでもない。老婆の口調は淡々として説得力がある。「原因を取り除くためにお祓いをしてやるから祈禱料をよこせ」と言うなら、たぶんインチキだろう。しかし、老婆はただ事実を告げただけで、どうするとも言わなかった。

縁……、指摘されても混乱するだけである。別れた夫と結婚する以前、一度だけ子どもを堕《おろ》したことがあるけれど、そのことを指しているのだろうか、それとも高校時代の万引き……、つい余計なことを思い浮かべてしまう。

あるいは……、一昨年《おととし》に亡くなった母は、三歳のときに、加治田村から犬山のほうに養子に出されたと聞いていた。それというのも、実母が不慮の死を遂げたのが原因とか……。不慮の死といっても、どんな死に方であったのか、母も知らないような口振りだった。なぜ祖母が不慮の死を遂げ、幼い母が養子に出されなければならなかったのか、理由は不明だ。しかも母は、祖父のことも、祖父の実家も、唾棄《だき》すべき対象として毛嫌いしていた。既にこの世にない者たちへの憎悪は異様で、雅子には今ひとつピンと来なかった。母の生まれと、母方の祖母を取り巻く環境には、何か不穏な気配が流れている。自分の縁に問題があるとすればそのへんのところではないかと、雅子は、見当をつけるのだけれど、今となっては確認のしようがない。

雅子はなんとなく嫌な気分になってきた。

5

二〇〇〇年十一月の初旬、町営アパートにおける怪奇現象はぴたりと収まった。ある日突然、部屋の天井や壁から、不思議な音がすべて消えてしまったのである。

しばらくの間は、この静けさが本当に鎮魂された結果なのか、気紛れな小休止に過ぎないのかわからず、住民たちは、戦々恐々と様子を見守っていたが、ラップ音が再開されることはなかった。半年近くもの間、住民の神経を悩ませていた異音は、潮が引くように、一斉に引いていった。

十一月の初め頃に祈禱した霊能者たちは、それぞれ「自分のおかげだ」と言い張り、霊力を吹聴《ふいちょう》して回った。始まった原因がわからない限り、終焉《しゅうえん》を迎えた理由などもわかるはずがなく、先に言ったほうが勝ちといったところだ。

そもそもの発端は自分にあると指摘された雅子にしても、わけがわからず、いくら考えても思い当たる節がまったくない。

理由が判然としないまま、一週間ばかりたつと、住民たちは、事態が鎮静化したことを納得し、受け入れていった。

しかし、ここにひとりだけ、町営アパートからラップ現象が消えた瞬間を知っている者がいた。雅子の娘の仁美がその人である。十一月十日午後七時十二分。終わった時刻から類推すれば、始まった日時も特定できる。六月五日、夕暮れが宵闇へと移行する頃合いだったから、たぶん七時過ぎだと思う。

六月五日の夕方、バルコニーから夕暮れの空を眺めていた仁美は、絶望のどん底にいた。前日の朝、クラスメートたちと出かけるピクニックが嬉《うれ》しくて、柄にもなく朝から大はしゃぎしたのがいけなかった。始まりと終わりの落差が激しかったせいでよけい、落胆が大きくなってしまった。期待なんてしなければよかったのだ。

昨年の春にこのアパートに越してきて、新しい小学校に変わったときから、新天地でやっていけるかどうか不安だった。犬山の小学校でもいじめに近い扱いを受け、クラスメートたちの遊びの輪に入ることができなかった。転校生ということになれば、さらにいじめられる要素はプラスされるだろう。何をやっても不器用な上、人より優れていると自慢できる点もなければ、アピールする力もない。こっそり漫画を描いているのが唯一の趣味というだけだ。

言いたいことをうまく表現できない、目と目が離れていて少し斜視、成績はまあまあだけど走るのが遅い、歩くときに足を引きずる癖がある、心と心が通い合うのを拒む顔つき、怯《おび》えた視線で睨《にら》むことがある、笑った顔を見たことがない、給食で肉を残す、家で犬を飼ってない……、いじめられる理由を上げればきりがなかったが、どれも見当外れのように思われてくる。

危惧《きぐ》した通り、仁美は転校生としての初日をしくじり、あとはじり貧状態で、予定通りいじめられっ子の地位に落ち着いていったのだった。

ところが今年の四月、学年が変わってクラス替えされると、ちょっとした異変が起こった。勉強ができてスポーツも万能、クラス一の人気者でリーダー格の崎山が同じ班の班長に指名されたのである。

五月の半ば、崎山は、班のメンバー全員によるピクニックを提案し、班長以下六人のメンバーたちはもちろん大賛成で、六月四日の日曜日に下呂《げろ》の『民芸の郷《さと》』に行こ

う と決まった。ところが、仁美だけはずそうという声が起こって大勢を占め、どう対処するのかと見守っていると、崎山は毅然《きぜん》とした態度でこう言ってくれたのだ。

「班のピクニックなんだからみんなで行くに決まってるじゃないか」

鶴の一声で、仁美は生まれて初めて、友人たちのグループでピクニックに出かけられることになった。しかも、守護神のような崎山がついていてくれる。これですっかり事態は好転したとばかり、仁美は当日の朝から心浮き立つこと甚だしく、母の作ってくれたお弁当を胸に抱いて、車が迎えに来てくれるのを待った。崎山のお父さんが、息子の休日に付き合って、運転手役を買ってくれたのだ。

八人乗りワゴンの車内で、六人の小学生たちははしゃぎ回った。初めて仲間の輪に入れた仁美にとっては、一瞬一瞬が宝石のようで、普段見慣れた飛騨川《ひだがわ》の清流が、きらきらと輝いて見えた。

だが、幸福は長くは続かなかった。楽しかったピクニックも終盤に差し掛かり、あともう少しで川辺町に入るという手前で、仁美は、ワゴン車のシートに胃の中のものを吐いてしまった。以後、楽しく乱れ飛んでいた会話はぴたりとなくなり、車内は白々と無言の時に支配された。

お弁当を食べて車に乗ったときはよかったが、渓流沿いの曲がりくねった道を走っているうちに酔い始め、あともう少しで家に着くから我慢我慢と自分に言い聞かせているうち、最後で大ドジを踏んでしまった。

情けないやら、悔しいやら、仁美は泣けてならなかった。他のみんなは鼻をつまみ、口を閉じてじっと耐え、それぞれの家に着くやいなや悪臭漂うワゴン車から逃げていった。

崎山でさえ、苦虫を嚙《か》み潰《つぶ》した顔をして、喋《しゃべ》ってはくれなかった。当然だろう。自分が企画したピクニックが土壇場になって台無しにされたのだ。

翌日、学校に行くと黒板には大きくこう書かれていた。

「下呂に行ってゲロゲロ」

思った通りの語呂《ごろ》合わせ。ああ、このあだ名は永久につき纏《まと》う……、そう思うと、仁美の身体は悪寒に震え、あのときの吐き気が再び甦《よみがえ》ってきた。

休み時間になると、仁美は崎山のところに行って謝った。

「昨日は、車を汚しちゃって、ごめんなさい」

消え入るような声である。

崎山は怒ってはいなかったし、責めてもいなかった。少し眉根《まゆね》を寄せ、どこか諦《あきら》めたような、悲しそうな顔で言った。

「車に酔っちゃったんなら、早くそう言えばよかったのに」

車の中で吐いたのがいけなかった、車を止めて外で吐いていれば何事もなく収まっていた……、崎山はそう言いたかったのだ。

「ほんとよね、ごめんなさい」

謝りながら、仁美は心の中で違う台詞《せりふ》を呟《つぶや》いていた。

……崎山君ごめんなさい。せっかくわたしを仲間に入れてくれたのに、ドジ踏んじゃって、これじゃあなたの面目まるつぶれ。でも大丈夫、地位が脅かされることはけっしてないもんね。わたしをいじめる人たちは、みんな本当は、崎山君のような優しい人になりたいと望んでいる。でもできないから、よけい、あなたに一目も二目も置くのよ。でも、いくら勉強ができて、優しい崎山君でも、わたしの気持ちはわからないのよね。酔ったから車を止めてほしいと、あのとき、わたしが言えたと思うの？下呂へのドライブの帰り道、どんな形であっても、わたしが吐けば、みんながなんて言い出すか、わかってたもん。ね、ほら、黒板に書いてあったでしょ。わたしの代りにあなたが黒板消しで消してくれたキャッチコピー。だからわたしは絶対に吐けなかった。耐えるしかなかったのよ。あなたなら軽く言えたでしょうね。おれ、ちょっと気持ち悪いから、外で吐いてくるって。きれいな奥さんと結婚して、子供の運転手役を買って出るタイプのパパになりそうな崎山君なら、なんだってできちゃう。でもわたしにはできない。あなたには簡単にできちゃうことが、わたしにはもっと重くのしかかってくる。わたしなんか、ただ耐えるしかないの。この先もずっと……。いくら吐きたくても、我慢するしかなかったのよ。でも、我慢できなかった。

いろいろと考えているうち、仁美は、自分が哀れになり、唇を噛んで涙を堪《こら》えようとする。歪《ゆが》んでゆく表情を見て、崎山は目を逸《そ》らし、

「ま、気にするなよ」

と言い残して、席に戻っていった。

……優しい崎山君、あなただけは絶対にいじめの輪に加わろうとしない。たぶん、幸せな人生を歩むでしょうね。

そう思いながら、一方で仁美は、激しく憎悪を燃やしたのだった。

その日の夜、バルコニーに出て夜空を眺めながら、仁美は将来のことを考えていた。漠然と、このさき生きていても、あまりいいことはないだろうなあと。いいことがないどころか、嫌なこと、苦しいことばかりだろうな。たぶん、生きることを楽しめない身体に、生まれついてしまったのだ。

胸の奥底から「自殺」という二文字が浮かんだ瞬間だった。すると、ふっと肉体を離れて浮上しかけた想念を射貫《いぬ》くように、どこからともなく矢が飛んできてガラスにひびを入れた。

六月五日午後七時過ぎのことである。

この半年近く、仁美の心の大部分を占めていたのは、常に自殺のことだった。どう

やったら死ねるかしら、ネットで仲間を集めれば死ぬ勇気が持てるかしら、どんな方法がもっとも楽かしら……。

仁美は、本や雑誌、インターネットを通して、自殺学に夢中になった。

学校のみんなからは「ゲロ、ゲロ」と呼ばれ、自尊心など粉々に砕かれている。自分が属する共同体からの拒否。家の中にあっても、母が弟ばかり可愛がるという不満があった。しかも頼みの綱の崎山が、父の転勤に伴って東京に転校するや、クラスに庇《かば》ってくれる人間はだれもいなくなり、仁美の孤立はますます深まっていった。そうして、いつしか学校にも行かれなくなっていた。

母はアパートの騒音騒ぎが原因で体調を崩し、学校を休みがちになったと解釈しているけど、的はずれもいいところだ。実際、仁美には、アパートの部屋で生じる怪奇音などまったく聞こえていなかった。異音などどうでもよかった。興味はただ一点に集中している。いつ、いかにして自殺するか。ただ、ふんぎりがつかない。もうひとつ、きっかけさえあれば、踏み込めるだろうに、背中を押してくれる人間がいなかった。

ところが、十一月十日にそのチャンスが訪れた。東京に転校していた崎山が、交通事故で死んだという情報がもたらされたのだ。

……あの、前途洋々だった崎山君が、死んだ？

にわかに信じられず、最初のうち仁美には、いじめっ子たちが自分にとどめを刺すために流した冗談と聞こえた。だが、先生に訊《き》いても母に訊いても、自転車で横断歩道を渡っていた崎山が、左折するトラックに巻き込まれて頭を轢《ひ》かれたと、同じ答えが返ってくる。いともあっけない死だった。まさか、崎山が、背中を押す人間になってくれるとは……。

「死のう」

これ以上に相応《ふさわ》しい理由はない。機を逃せば、ずるずると生きて、自尊心が砕かれるどころか、憎しみだけの醜い塊と成り果ててしまう。

おまけに今晩は、母は弟の剣道教室に付き添って帰りが遅くなる予定だった。

もはや方法がどうのこうの言っている場合ではなかった。バルコニーから飛び降りればそれで済む。仁美は、遺書を書いて机の上に置き、真新しいジャージとトレーナーに着替え、バルコニーに出た。真下には植え込みが並んでいる。枝の隙間を縫って土の上に落ちれば、五階の高さからでも死ぬのは難しいと思われた。バルコニーの手《て》摺《すり》の外に出て、思いっきり遠くに飛び、植え込みの向こう側のアスファルトに落下しなければならない。

仁美は片手だけを手摺に添えて、その外側に立った。手を離してバランスを崩せば、いつでも落下できる体勢だった。本当にやり残したことはないのかと、自分に問うても、何も浮かばなかった。逆に、充分年を取り過ぎてしまったようにさえ感じられる。生きる尊厳を取り戻すためには死ぬほかない、無理にそう念じて、ジャンプする力を足に込めたとき、どこからともなく馬のいななきが聞こえてきた。一度、二度……。

おやっと思って正面の田圃《たんぼ》に目をやると、そこはいつの間にかすすきに覆われた原野へと変わり、遠くの山裾《やますそ》から現れた無数の騎馬武者に踏み荒らされようとするところだった。法螺貝《ほらがい》の合図で鬨《とき》の声が上がり、大地がどよめき始める。竹束を持って走り回る集団もいれば、その後ろからついて来る鉄砲隊もいた。ひゅんひゅんと飛び交う矢の何本かは、板に刺さって硬い音を上げ、四方八方から喊声《かんせい》が上がる。やがて鉄砲の一斉射撃が始まった。耳をつんざく轟音《ごうおん》。着弾音がすぐ耳元から聞こえる。軽装の足軽たちが、首から血を流して逃げ惑い、草原に累々たる屍《しかばね》の山を築いていく。

これまで聞こえなかったのが嘘のようだ。アパート中で鳴り響いていた異音という異音は、今、束になって仁美に襲いかかろうとしていた。耳を塞《ふさ》ごうとしても、手摺につかまっていては、それができない。自分は今、戦場の櫓《やぐら》の上にいるのだろうか。

戦乱の中を場違いな着物姿で逃げ惑うひとりの女が見えてくる。裾をはだけ、傷だらけの腿《もも》も露《あらわ》に、走り回る女の姿は哀れだった。

彼女の走る原野に安全な場所などなく、どこに行っても、死体の山に突き当たる。女は必死で念仏を唱えていた。

無防備な姿で、音と幻想の洪水を浴びていた仁美は、幼い頭でたったひとつのことを理解しかかっていた。

……死はこんなに簡単に手に入るもの。

次に浮かんだのは、「ばからしい」という言葉だった。

年々歳々、人間は同じことを繰り返している。過去から現在まで、そして未来も、変わることがない。年をとれば間違いなく死ぬ。死に尊厳はなく、どこにでも平凡に転がっている。死なんて、おかしな替え歌にでもして、笑い飛ばしてしまえばいい。

仁美はいつしか手摺を摑《つか》む手に力をこめていた。死ぬことなんていつでもできる。その権利は自分にある。嫌になったら、またいつでも、こうやって手摺の外に立てばいい。そうして、選択肢を自分の手で握っているという快感を味わいながら、生きられるところまで、生きればいい。

仁美が、死を掌握し、自分の統御下に置いたと感じた瞬間、見渡す限りの平原から、全軍が引く気配を見せた。大音声《だいおんじょう》の渦はひとりの女を飲み込みながら彼方《かなた》の一点に消えて、そのあとに、普段と変わらない日常の風景を残していった。

彼岸と此岸《しがん》の境目、生と死を分ける垣根はすぐそこにあった。越えようと思えば、いつでも越えられる。

仁美は、バルコニーの手摺を越えて部屋に戻り、時計の針を読んだ。

……午後七時十二分。

町営アパートから怪奇音が一斉に消えてしまった時刻である。

仁美はその時間を自分の胸に刻んで、今回の騒動がなぜ起きたのか考えようとした。過去から連綿と続く血が、自殺を止めるために、働きかけたのだろうか……、やはり仁美にはよくわからない。わかるのは、自分が現在も生きているということだけだ。

見えない糸――あとがきにかえて

1

インタビューを受けていて、よくされる質問のひとつに、

「あなたにとって本当に怖いことは何ですか」

というものがある。尋ねるほうは、たぶん心霊体験のひとつやふたつ経験していて、だからあんなに怖い話が書けるに違いなく、話のネタになっている体験でも聞き出してやろうと期待して訊《き》いてくるのだろうが、残念ながら霊感がないせいで心霊現象に遭遇する機会はなく、質問者の意に沿うような回答などできたためしはない。

それはともかく、世に潜む不思議さ、得体の知れない恐怖は、どんなときに日常の安寧を打ち破って頭をもたげるのだろうか。

簡単に言ってしまえば、説明のできない現象に、人間は恐怖とは言わないまでも、不安を覚えるようだ。実際、筋の通らないこと、説明のできない現象は、世に溢《あふ》れている。

五年前、テレビ局の紀行番組の制作のためロシアへ取材に出かける機会があり、レポーターとして、極東ロシアの古い街並みを紹介する役どころを演じることになった。ディレクターの指示は、ごく自然に、建物や広場の説明を加えながら、長い坂をゆっくり下りて来いというもので、胸元にはピンマイクが仕込まれ、はるか遠い坂の下に止められたキャラバンにはカメラマンが潜み、望遠レンズの焦点をこちらに合わせていた。

やがてディレクターの合図が出され、坂を下りながら、なるべく大きな声で、自分が受けた街の印象を、身振り手振りを交えて喋《しゃべ》った。すると、通りを行くロシア人たちは、皆、怪訝《けげん》な表情をして、ぼくを避けていった。あからさまに驚きの表情を浮かべ、ハッと身を避ける人間も何人かいた。

彼らにとって、これは理解できない光景なのだろう。胸元のピンマイクにも、はるか先にあるカメラにも、気付くはずはなく、とすれば、東洋人が大声でわけのわからない独り言を喋りながら、歩道を闊歩《かっぽ》しているとしか目に映らない。

この意味不明さが、不気味な感情を呼び起こしたのだ。言葉が通じたり、事情を前もって知っていたのであれば、同様のシーンに遭遇しても反応は違ったはずである。

意味不明の行動を取る東洋人……、しかしてその正体は、何のことはない、テレビ番組のレポーター役を演じていたというに過ぎない。周囲の人々には、シーンの裏にある「糸」が見えなかったというだけだ。

そして、極端に意味不明な現象の裏にある「糸」に対して、我々はときとして、「心霊の悪戯《いたずら》」という神秘的な理由を当てはめようとする。その場しのぎの理屈だろうが、納得するための方便としてはまあ仕方がない。

オカルトの類《たぐ》いに興味はないし、馬鹿らしいと考えているけれど、世界にはまだまだ科学では説明し切れない現象が存在する。というより、生起するすべての現象を説明できる科学理論の発見には至ってないし、どだい不可能である。常にイタチごっこ、パラダイムがダイナミックにシフトして、それまで非常識と見られていたものが常識に変わることだって十分に有り得る。

しかし、意味不明な現象の裏にある見えない糸に空想を働かせるのはなかなか楽しい作業だ。見えないからこそ、架空の物語がつけ入る隙がある。空想の糸を複雑に絡め、もっともっと不思議な色合いに脚色することもできるし、読者の想像に任せますからと、結末を提示しないで放り出すこともできる（こんな身勝手なことを、ぼくは好みません）。

ところで、ぼく自身、説明のつかない現象を目の当たりにしたことがないわけではない。日常生活の中の、ほんの小さな綻《ほころ》び程度のものだが、今でも、あれが何であったのか、理解できずにいる。

十年ほど前の、些細《ささい》な体験ではあるが、ここでひとつ、若干小説ふうの味付けをして、紹介してみたいと思う。

2

梅雨の季節に、仕事部屋のベッドでひとり寝ようとして、水にまつわる事件を思い出すことが、たまにある。事件というほどではなかったが、どこからともなく水の音が聞こえるだけで、ハッと身構えてしまうほどの、一種、トラウマともなってしまった出来事だった。

表通りから、一方通行の路地を数本奥に入ったところに建つワンルームマンションの一室が、当時も今も、仕事場となっている。ワンルームマンションの立地としてはちょっと贅沢《ぜいたく》な、閑静な住宅街の一角で、都会の真ん中としてはかなり静かなほうだ。

じめっとした夜のことだった。普段、深夜に目覚めることは滅多にないのだが、そのときは皮膚が何らかの異変を感知したのか、妙な予感を抱いて意識だけが目覚めた。目を閉じたまま、じっと耳を澄ますと、かすかに音が聞こえた。最初のうち何の音なのか、わからなかった。寝付くときに聞こえていた山手線や京浜東北線の音が、今は聞こえないことからも、深夜二時から四時の間ではないかと推測できた。

音だけではなく、肌に絡み付くような湿気が感じられた。昨日は一日雨が降り続き、湿度は相当高くなっているだろうが、それにしても異様なほど空気中に含まれる水気の量が多い。

ベッドが水の上に浮かんでいるイメージに襲われると同時に、かすかに聞こえる音の正体が脳裏に閃《ひらめ》いた。

……水道管から漏れる水の音！

マズいと、胸の中で悲鳴を上げ、真っ暗な中、ベッドから飛び起きたのだが、明かりをつけるまでもなく、素足が触れた絨毯《じゅうたん》は、踝《くるぶし》まで沈み込むほどに水を吸い込んでいた。

水の出所に関しては見当がついた。以前から、温水器を結ぶ水道管の腐食が激しいと指摘を受けていた。迷わず玄関のほうに走って、温水器が収納されたスペースのドアを開けると、案の定、上下に伸びた水道管が真横に切れ、ズレの生じた切り口から細く水が噴出しているのがわかった。一体いつ亀裂《きれつ》が入ったものなのか、部屋の絨毯全体が水浸しになるには、最低でも二、三時間かかりそうだ。床に水が溜《た》まっていく間、知らぬが仏と眠り込んでいたわけだが、さすがに異変を察知する皮膚感覚だけは目覚めていたらしい。

明かりをつけ、時計を見ると、午前四時を指していた。そろそろ始発電車が動き始める頃だ。

水道の元栓を締め、水漏れを止めると同時に、外廊下に出て見渡すと、共有部分である廊下に浅い川の流れができ、そのうちのいくらかは、部屋のすぐ前にあるエレベーターホールの隙間に、滝のように落ちていた。

水による被害を最小限に食い止めようと、家中のバスタオルを投入して、早朝の吸い取り作戦を展開したわけだが、昼までかかってようやく一段落という重労働には、ほとほと参ってしまった。

この一件で、水漏れに対する恐怖、ふと嫌な気配を感じて深夜に目覚める恐怖が、無意識の領域に沈殿してしまったような気がする。

さて、これから語ろうとするのは、水漏れ事件から二年後、同じ梅雨の季節の出来事である。

深夜、嫌な気配を感じて目覚めるという展開は、以前と同じであった。

……なぜ、突然、目覚めたのだろう。

すぐ頭に浮かんだのは水のイメージである。まさかとは思ったけれど、片足だけベッドからおろし、恐る恐る、爪先《つまさき》で床を撫《な》でてみた。水の感触はなく、単なる思い過ごしかと、再び目を閉じようとしたのだが、妙に胸がざわめき、心臓の鼓動がはっきりと聞こえてくるのがわかった。やはり、皮膚感覚が、何らかの異変を察知し、意識に働きかけてきたとしか思えないのだ。

枕元の目覚まし時計を手に取り、明かりを点《つ》けた。針は午前二時二十三分を指している。ここ数日雨は降ってなく、梅雨時というのに、空気は乾燥していた。心配されたような水の気配は、どこにもない。にもかかわらず、なぜ目覚めたのか……、じっと耳を澄まそうとして、ふと十秒後に聞こえるはずの音を予知することができた。

……十秒後に、玄関のチャイムが鳴らされる！

そんなインスピレーションが脳内に沸き起こるや、十、九、八、七、六……と、カウントダウンを始めていた。そうして、三、二、一と呟《つぶや》いた直後、玄関のチャイムが本当に鳴らされたのだ。

「ピンポーン」

深夜の二時過ぎに、訪れる者などいないはずだった。別の場所に住む家族は、こんな時間ぐっすりと寝込んでいて、用があればまず電話をかけてくる。酔っ払った友人が、酒瓶を担いでやって来ることなど金輪際有り得ない。

……やばい！

他に言葉が浮かばなかった。廊下を歩く人の気配もなく、しかも予知したとおりチャイムが鳴らされたのだ。だれがどんな理由で鳴らしたものなのか……。

しばらくベッドの中から動けずにいた。対処方法が見つからないのだ。もう一度鳴らされるか、あるいは声でも掛けられたら、動こうと決め、しばらくベッドの中でじっと身を強張《こわば》らせていた。それこそ、息を潜め、自分がここにいることを悟られまいとするかのように……。

ところが、いくら待っても、以後チャイムが鳴らされることはなく、好奇心やら、怖いもの見たさの衝動が胸の中で膨れ上がり、このまま確認しないでは済まさないぞという意気込みでベッドから起き、明かりも点けぬまま、暗い廊下を手探りで進んで、玄関先に立ってみることにした。ドア一枚隔てた向こうには、何者かが立っているのかもしれない。人のいる気配は、あるようにも、ないようにも思える。いずれとも判断できなかった。

とにかく、音を立てないように、ドアに顔を寄せ、魚眼レンズに目を近づけていった。思いも寄らぬものを見てしまうという恐怖もあったが、やはり好奇心には勝てない。

ドアを隔てたこちらの世界に比べ、廊下側の世界は幾分明るかった。部屋の前はエレベーターホールであり、上部に設置された二個のダウンライトが、モスグリーンのエレベータードアを照らしていた。魚眼レンズを通して眺める風景は全体的に丸みを帯び、すぐ左手の白い壁に設置された消火器が場違いに赤い色を放っていた。

見える範囲の中に人影はなく、耳を澄ましても、廊下を歩く足音は一切聞こえない。

だろう。……さっき、チャイムを鳴らした人間は、どこから来て、どこに行ってしまったの

実に素朴な疑問だった。

一旦《いったん》、レンズから目を離し、冷静に考えようとしたときだった。ドアのすぐ向こうで、グアーンとくぐもった音が響いてきた。何度も耳にしたことのある音のような気がするが、深夜に、ドア一枚隔てて聞くと、地中深くで上げられた叫びのようにも聞こえる。

もう一度レンズに目を戻して、音の正体を探ろうとした。すると、エレベーターホールの横にある、階数を表示するオレンジ色のランプが上下に移動するのが見えた。

……エレベーターが動いている。

何も珍しいことではない。エレベーターは常に上下に動く。しかし、よく観察すると、動き方が少し変である。

仕事場として使っているマンションは四階建てであり、したがって階数の表示は一から四までだ。その数字の間を、エレベーターが上がったり下がったりしているのが、数字の変化からはっきりと読み取れた。

四、三、二、一、二、三、四、三、二、一、二、三、四……、という具合である。

このような動き方をするためには、内部に人間が乗っていて、すべての階数ボタンを

押すか、一階と四階のボタンを交互に押す必要があるはずだ。しばらく眺めていたのだが、その間も、エレベーターは動き続けていた。

……だれかが、悪戯《いたずら》をしているのだろうか。

他に考えられない。だが、人間を無意味な悪戯へと駆り立てる、得体の知れない情念を思うと、そちらのほうがよほどぞっとさせられる。

さらに観察していると、奇妙なことに気づいた。エレベーターがどの階にも停止している様子がないのだ。内部にいる者が、停止ボタンを押せば、その階にエレベーターは止まり、ドアが開いて、閉じる。さっきから眺めていて、仕事場のある三階のドアが開くことはない。単に通過しているだけなのだ。

これもまた理由がわからない。階から階への移動は、まったく均等な間隔をおいていて、どの階にも停止していないのだ。

たとえば、内部に人間が乗っているとして、彼が四階と一階のボタンを押し続けたとする。するとエレベーターは、三階、二階は通過、一階と四階で停止して、ドアの開閉を行う間、そこにとどまるはずである。しかし、四つの数字から数字への動きはまったく均等の時間間隔であった。

一体どうすれば、こんな動き方が可能なのか。エレベーターが、人間も乗せず、深夜に、上下運動を繰り返しているというのだろうか。

ずっと観察し続けるわけにもいかず、単独行動を取るエレベーターを放置したまま、ベッドに戻ることにした。

……夜が明けたら、管理人さんに訊《き》いてみよう。最近、エレベーターの故障がなかったかどうか。

自分を納得させるための方便である。

ベッドに戻るためには、まずドアから顔を離して、振り返らなければならなかった。背後には暗い廊下が延びている。部屋の中に何者かが既に入り込んでしまっているような、嫌な気がした。エレベーターに乗って悪戯を働いていたものが、ちゃっかり部屋に潜んで、待ち構えている……。一旦思い込むと、妄想はなかなか抜けない。深夜にトイレに立ち、振り返ろうとして躊躇《ちゅうちょ》した子どもの頃の記憶が、ふと甦《よみがえ》る瞬間だった。

3

作品を読まれた方、あるいは映画を観られた方なら、既にお気づきのことと思う。このときの体験をベースにして作り上げたのが拙著『仄暗《ほのぐら》い水の底から』である。

特に映画の中で、実体験が強調されている。天井を這《は》う水の染み、深夜に人を乗せないまま動くエレベーター、だれも行かない屋上で発見されるキティちゃんのバッグ……、すべて現実をデフォルメしたものだ。

重要なアイテムとして登場するキティちゃんのバッグにしても同様である。

やはり十年ほど前のある夕方、マンションの屋上に上ってみたところ、女性もののハンドバッグがコンクリートの床に転がっているのを発見した。屋上といっても、十畳ほどの小さなスペースしかなく、エレベーターや貯水槽の点検整備等の仕事以外、だれも上らない場所である。

……なぜ、こんなところにハンドバッグが。

不思議に思って拾い上げ、開けてみると、中からはグリーンの水玉模様の水着が一着だけ出てきた。ハンドバッグに入っていたのは、女性もののセパレートの水着のみで、それ以外は何も入っていない。だれが何の目的で、水着一着だけを入れたハンドバッグを、屋上に放置したのか、理由がまるでわからない。

扱いに困ったあげく、拾得物として管理人に届けることにした。

すると、その後しばらく、ハンドバッグは、管理人室のカウンターの上に展示されることになった。「このハンドバッグにお心当たりの方はいませんか？」という張り紙と共に。

一週間経過しても、引き取り手は現れず、ハンドバッグはそこに置かれたままだった。そのうち姿を見なくなり、記憶が薄れかかった頃、思わぬところで再会することになった。

ゴミ捨て場で、分別ゴミ用のポリバケツの蓋《ふた》を開けたところ、底のほうに同じハンドバッグが転がっていたのだ。

予期せぬ場所からの出現に、ポリバケツの蓋を持った手を十数秒も宙に止めたまま、ぼくはしばらくの間、ハンドバッグに見入ってしまった。

ここにある理由は明らかだ。結局持ち主は現れず、処理に困った管理人が、ゴミとして出したというだけだ。

マンションの屋上で発見したときと同じ雰囲気を漂わせ、ハンドバッグは口を閉じたまま、水色のポリバケツの側面に悄然《しょうぜん》と腕をもたせかけている。今も内部に、水着を抱えたままなのかどうかわからない。なんとなく、触れる気がしなかった。

最初は屋上、二度目はポリバケツの底、二度の対面によって、ハンドバッグはぼくの記憶に深く刻まれることになったのである。

恐怖をかきたてる現象は、日常の何気ない空間に潜んでいる。トイレの水を流そうとしてそこに生肉が浮かんでいたら……、冷蔵庫の中から出てきたフロッピーに寒さを訴える声が記録されていたら……、書店で買ってきたばかりの本のページに自分宛ての手紙が挿入されていたら……、あるいは、小説と思って読み始めたストーリーの中に自分自身の体験が語られていたら……。たぶん、だれもが、小さなパニックに襲われるだろう。

ときとして、世界は、整合性のないシーンを垣間《かいま》見せてくれる。五感を研ぎ澄ませて見渡せば、それが見えてくるはずだ。

解説

朝宮運河

戦前の物理学者・寺田寅彦《てらだとらひこ》に「化物の進化」というエッセイがある。のっけから脱線するようで恐縮だが、すぐに鈴木光司の話につながるのでご安心いただきたい。

寺田といえば、理学博士として東京帝大などに勤務するかたわら、夏目漱石《なつめそうせき》門下の文章家として多くのエッセイを遺《のこ》した人物である。漱石の小説『吾輩《わがはい》は猫である』に登場する音楽好きの学士・水島寒月君のモデルになった科学者といえば、ああなるほど、と思い当たる方もいるだろう。

寺田は怖いもの、不思議なものに強い関心を寄せていたことでも知られ、科学者の立場から怪異や神秘を論じた文章をいくつも執筆した。昭和四年に発表された「化物の進化」もそうしたエッセイの一篇である。

近年科学の発達によって私たちの心から「化物」を畏怖《いふ》する心はすっかり消えてしまった。不思議とされていたものが不思議ではなくなり、人類文化の傑作である化物たちはいまや風前の灯火《ともしび》である。このまま化物は亡《ほろ》びてしまうのか。いや、そうではない、と寅彦は断言する。「人間が進化するにつれて、化物も進化しないわけにはいかない」。

ここで寺田のいう化物は〝分からないこと〟〝未知なるもの〟と言い換えてもいいかもしれない。科学ですべてを説明できると思いこむのは、近代人の慢心である。科学の発展のために必要なのは、化物を退けることではなく、謙虚に怖がる姿勢なのだ。このような論調で、寺田は行きすぎた科学万能主義を戒め、時代とともに進化する化物たちにエールを贈ったのだった。

一方、全世界に読者をもつホラー作家・鈴木光司が、科学的思考の信奉者であることは、各種インタビューの発言などから明らかであろう。正しく思考し、自分なりの答えを導き出すためには、まず科学の基礎的知識を身につけなければならない。『なぜ勉強するのか？』『情緒から論理へ』など一連の啓蒙《けいもう》的著作において、鈴木光司は情緒に溺《おぼ》れることの危険さを訴え、データや知識に裏づけられた思考の大切さをくり返し説いている。

本書『アイズ』の巻末に収められた「見えない糸――あとがきにかえて」は、そんな鈴木光司の世界観・ホラー観がよく表われた好エッセイだが、ここに寺田の「化物の進化」とよく似た主張を見つけることができる。

オカルトの類《たぐ》いに興味はないし、馬鹿らしいと考えているけれど、世界にはまだまだ科学では説明し切れない現象が存在する。というより、生起するすべての現象を説明できる科学理論の発見には至ってないし、どだい不可能である。常にイタチごっこ、パラダイムがダイナミックにシフトして、それまで非常識と見られていたものが常識に変わることだって十分に有り得る。（「見えない糸――あとがきにかえて」）

私たちの周囲では、時として説明のつかない現象が起こる。それを気のせいだと退けるのも、「心霊の悪戯《いたずら》」とオカルト的に解釈するのも、実はとっても簡単なことだ。しかし、科学で説明できることの範囲をしっかり見極め、そのうえで未知との「イタチごっこ」を愉《たの》しむ方が、幽霊や宇宙人を盲信するより、ずっとスリリングで面白くはないだろうか？　こうした鈴木光司のスタンスは、「科学の目的は実に化物を捜し出す事なのである」という寺田の主張と、確かに響き合っているように思われる。

といってももちろん、寺田からの影響関係を云々《うんぬん》したいわけではない（別に影響関係はないと思います）。鈴木光司という一般にはおどろおどろしいホラー小説の書き手と思われている人物が、いかに科学的スタンスで作品に臨んでいるかを示したかったのである。

たとえば『リング』において、呪いのビデオを見た者たちは、次々に命を落としてゆく。その原因が死者の祟《たた》りという超自然現象であっても、ホラーとして何の不具合もなかったはずだ。しかし、鈴木光司の科学的思考は、既存のオカルト的解釈にあぐらをかくことに我慢できなかったのだろう。『らせん』『ループ』と書き継がれた三部作では、前作で起こった怪異現象を徹底的に解釈したうえで、さらにレベルアップした恐怖を描くという難事に挑んでみせた。いうなれば「リング」三部作とは、寺田のいう「化物の進化」を、ホラー小説として見事に体現してみせた希有《けう》なシリーズなのである。

と、鈴木光司とホラーのちょっと特殊な関係を確認したうえで、『アイズ』の解説に入ろう。本書『アイズ』は二〇〇五年に新潮社より刊行された、著者にとって五冊目の短篇集である。

これまで刊行されている短篇集のうち、『生と死の幻想』はサスペンスなど非ホラー系の作品をまとめたもの、『バースデイ』は「リング」シリーズのスピンオフ、『枝の折れた小さな樹』は家族の絆《きずな》をテーマにした小説集だから、独立した作品をまとめた純然たるホラー短篇集としては、一九九六年の『仄暗《ほのぐら》い水の底から』以来、実に九年ぶりの作品ということになる。

目次を開くとまず飛びこんでくるのは、「鍵穴《かぎあな》」「しるし」「檜《ひのき》」「タクシー」といった、シンプルで飾り気のない語感のタイトルだ。ホラーにつきものの〝血〟〝恐怖〟〝狂気〟などの不気味なフレーズは見あたらない。それと呼応するように、舞台に選ばれているのもマンションやアパートの一室、ゴルフ場、タクシーの車内など、現代の都市生活者なら誰でも目にすることのできる、ありふれた日常空間ばかりである（「夜光虫」はクルーザーの船上だが、これとてすごく特殊な場所というわけではない）。

古来、ホラー小説は亡霊の出る古城や洋館、閉鎖的な村落などを好んで描いてきたが、本書にそうしたゴシック調の雰囲気は皆無。あくまでモダンで都会的、日常の延長を舞台としているところにひとつの特徴があるだろう。

巻頭を飾る「鍵穴」は次のような作品である。

語り手のサラリーマン・松浦が、旧友・大石の新居を訪れる。大石が住んでいるのは港区にある高層マンションの最上階。学生時代から憧《あこが》れていた女性を妻に迎え、レストランの経営者として順風満帆の生活を送っている。最近やっとマイホームを手に入れたばかりの松浦は、あまりの格差に圧倒され、複雑な気持ちになってゆく。大石が用意してくれていたのは一本数万円もする高級ワイン。松浦が持ってきた安ワインは、料理酒にでも使われてしまうのだろう。

松浦と大石には、大学時代に経験した忘れられない事件があった。友人のアパートの鍵穴から、二人はある不気味な光景を目にしたのである。大石のマンションを立ち去りかけた松浦は、その事件と現在との意外なつながりに思いいたる。まるで死者が手招いてでもいるような奇妙な符合。意地の悪い気持ちをこめてそのことを告げる松浦と、愕然《がくぜん》として立ちつくす大石の対比を描いて、物語は鮮やかに幕を下ろす。

ここで留意してもらいたいのは、松浦に告げられるまで、大石には奇妙なことが起こっているという自覚がまるでなかった点だ。偶然の一致は、松浦が発見し、口に出したことで初めて恐怖となって立ち現れたのであり、現象そのものに悪意や邪悪さがあったかどうかは、結局分からないのである。

ここに『アイズ』という短篇集の特色がよく表われている。

通常、ホラーでは幽霊や怪物、殺人鬼といった恐怖の対象を、いかに気味悪く描くかがポイントになってくる。しかし、本書において描かれるのは、日常から半歩はみ出した程度のささやかな奇現象だ。現象自体が怖いというわけでは決してない。それに意味を与え、恐怖を増幅させるのは、あくまで内側に問題を抱えた登場人物たちなのである。

「夜光虫」では海面を流れてゆくビービー弾が、「檜」では映画館のスクリーンに映し出された廃村が、「杭打ち」ではゴルフコースの死体に突き刺さった槍《やり》が、それぞれ主人公にだけ意味のあるものとして迫ってくる。感動的な怪談である「タクシー」にしても、運転手の声に意味を与えるのは、傷ついた主人公ただ一人だ。『アイズ』において描かれる恐怖とは、観察者と対象の相関関係が生み出す、主観とも客観ともつかない（量子論的な、といってみたい誘惑に駆られる）恐怖なのであろう。

その意味で「しるし」はとても興味深い作品だ。

小学五年生の由佳里が家族と暮らすマンションの表札に、何者かが赤いマーカーでアルファベットを落書きしてゆく。その文字は「F」「a」「t」……と続いてゆき、そ由佳里の母は自分への当てつけだと腹を立てる。しかし、由佳里の父にとっては、その文字列はまったく違った意味をもつものだった。十八年後、大人になった由佳里はメッセージの真意に思いいたるが、父の勘違いを訂正しようとはしない。たとえ勘違いであっても、父にとってはそれが唯一の現実だからだ。

収録された全八篇のうち、個人的にもっとも惹《ひ》かれたのは、エロティックな残酷童話ともいうべき「クライ・アイズ」である。向かい合った高層マンションとホテルの部屋で展開するこの物語で、人間たちはそれぞれの歪《ゆが》んだ主観的現実に閉じこもり、それに呑《の》みこまれるように破滅してゆく。唯一それを免れるのは、もともと「目」を持たない空っぽの存在だけなのだ。人間の愚かしさをあざ笑うかのようなラストが、冷え冷えとした読後感をもたらす異色作である。

ラストに置かれた「櫓《やぐら》」は戦国時代、終戦直後、そして現代と三つの時代を描いたスケールの大きな作品だ。現代のパートで舞台となるのは、怪奇現象が多発している岐阜県の町営アパート。住人たちは怪音や幽霊、そして全国から押し寄せるマスコミや霊能者に悩まされ、次々と避難してしまう。大規模な心霊現象がストレートに描かれている点で、他の収録作とはやや毛色が異なるように思われるが、最終的にすべては一人の少女の物語へと収斂《しゅうれん》してゆく。少女の内的世界と、時代を超えた怪異現象とを結びつけたこの作品には、観察者によって同じ現象が恐怖にも救いにもなりうるという本書の基本となる発想が、もっともラジカルな形で示されているように思う。

正直に告白してしまうと、二〇〇五年の単行本版の時点において、私はこの『アイズ』という短篇集をうまく位置づけることができなかった。怪奇幻想のムードの色濃い『仄暗い水の底から』に比べると、より日常に寄った作品集になっているし、超自然現象の描かれ方もかなり控えめだ。といってミステリやサスペンスというわけでもない。数ある鈴木作品の中でも、なんとも読み解きにくい作品だったのである。

しかしその数年後、物理学や数学の膨大な知識を盛りこんだ大作『エッジ』が刊行され、さらに「リング」新三部作の一部をなす『エス』『タイド』が登場するにいたって、遅ればせながらやっと得心がいった。『アイズ』は『エッジ』などで展開された科学的ホラーの先駆をなすもので、鈴木光司がさらなる進化を遂げるためのステップボードだったのであろう。きっとそうに違いない。

前世紀末に書かれた『仄暗い水の底から』が『リング』などと近い匂いを発しているように、『アイズ』は『エッジ』『タイド』との間に強い繋《つな》がりを感じさせる。『エッジ』が米国でシャーリー・ジャクスン賞を受賞し、著者の科学的ホラーに注目が集まっている今、『アイズ』も二十一世紀に書かれた重要作として、あらためて光が当てられるべきだ。

鈴木光司はこの先も、未知なるものへの好奇心と科学的思考を携え、未踏のホラー領域を突き進んでゆくに違いない。その果敢な姿はどこかデビュー作『楽園』の冒険者たちを思わせる。しかも、その探求には終わりがない。なぜなら世界は神秘で満ちていて、科学がいくら進化しようと、「化物」は亡《ほろ》びることがないからだ。

鈴木光司のホラーがこの先どこまで進化してゆくのか、読者とともに刮目《かつもく》して見守りたいと思う。

二〇一四年十一月／怪奇幻想ライター

本書は二〇〇八年新潮文庫より刊行されました。

アイズ
鈴木光司《すずきこうじ》

角川ホラー文庫　Hす1-21　18931

平成27年1月25日　初版発行

発行者――堀内大示
発行所――株式会社KADOKAWA
東京都千代田区富士見2-13-3
電話(03)3238-8521(営業)
〒102-8177
http://www.kadokawa.co.jp/
編　集――角川書店
東京都千代田区富士見1-8-19
電話(03)3238-8555(編集部)
〒102-8078
印刷所――旭印刷　製本所――BBC
装幀者――田島照久

ISBN978-4-04-101795-1 C0193

角川文庫発刊に際して

角川源義

第二次世界大戦の敗北は、軍事力の敗北であった以上に、私たちの若い文化力の敗退であった。私たちの文化が戦争に対して如何に無力であり、単なるあだ花に過ぎなかったかを、私たちは身を以て体験し痛感した。西洋近代文化の摂取にとって、明治以後八十年の歳月は決して短かすぎたとは言えない。にもかかわらず、近代文化の伝統を確立し、自由な批判と柔軟な良識に富む文化層として自らを形成することに私たちは失敗して来た。そしてこれは、各層への文化の普及滲透を任務とする出版人の責任でもあった。

一九四五年以来、私たちは再び振出しに戻り、第一歩から踏み出すことを余儀なくされた。これは大きな不幸ではあるが、反面、これまでの混沌・未熟・歪曲の中にあった我が国の文化に秩序と確たる基礎を齎らすためには絶好の機会でもある。角川書店は、このような祖国の文化的危機にあたり、微力をも顧みず再建の礎石たるべき抱負と決意とをもって出発したが、ここに創立以来の念願を果すべく角川文庫を発刊する。これまで刊行されたあらゆる全集叢書文庫類の長所と短所とを検討し、古今東西の不朽の典籍を、良心的編集のもとに、廉価に、そして書架にふさわしい美本として、多くのひとびとに提供しようとする。しかし私たちは徒らに百科全書的な知識のジレッタントを作ることを目的とせず、あくまで祖国の文化に秩序と再建への道を示し、この文庫を角川書店の栄ある事業として、今後永久に継続発展せしめ、学芸と教養との殿堂として大成せんことを期したい。多くの読書子の愛情ある忠言と支持とによって、この希望と抱負とを完遂せしめられんことを願う。

一九四九年五月三日